【小学国学经典教育读本】

声律启蒙

顾问 于永正 江庆柏
主编 黄甫林

南方日报出版社
NANFANG DAILY PRESS
中国·广州

原著 （清）车万育
本册主编 乔健 周益民
副主编 朱萍

第二次修订

全彩全解

图书在版编目(CIP)数据

声律启蒙 / 黄甫林主编. — 广州 ：南方日报出版社，2012.3
(2022.3 重印)
(小学国学经典教育读本)
ISBN 978-7-5491-0524-3

Ⅰ. ①声… Ⅱ. ①黄… Ⅲ. ①诗词格律—中国—启蒙读物 Ⅳ. ①I207.21

中国版本图书馆 CIP 数据核字(2012)第 031980 号

XIAOXUE GUOXUE JINGDIAN JIAOYU DUBEN: SHENGLÜQIMENG

小学国学经典教育读本：声律启蒙

主　　编：黄甫林
出版发行：南方日报出版社
地　　址：广州市广州大道中 289 号
出 版 人：周山丹
责任编辑：方　明
责任校对：阮昌汉
责任技编：王　兰
装帧设计：姜　嵩
封面绘画：薛　峰
经　　销：全国新华书店
印　　刷：安徽宣城海峰印刷包装有限公司
开　　本：710 mm×960 mm　1/16
印　　张：8
字　　数：100 千字
版　　次：2012 年 3 月第 1 版
印　　次：2022 年 3 月第 16 次印刷
定　　价：19.80 元

投稿热线：(020)87360640　　**读者热线：**(020)87363865
发现印装质量问题，影响阅读，请与承印厂联系调换。

前言

亲近经典

于永正（全国著名特级教师）

我是坚决主张读国学经典的。原因很简单——我从小学到师范学校缺了这一课。等到有条件学了，年龄又大了。但我还是努力地学着，使劲地背着，尽力地践行着。刚跨进国学经典的大门，便发现我们的老祖宗真的了不起！老祖宗的思想、老祖宗的智慧真是无与伦比！作为一名教师，我觉得不能再让我们的学生缺失读国学经典这一课了！数典忘祖，不学中华经典，不懂孔子，不让学生继承中华优秀传统文化，当老师的就失职了。

千万不要以为国学经典是“老古董”。不！它是老祖宗留下的宝贵的精神财富！曾有人说过，如果人类要解决二十一世纪面临的问题，就要到东方孔老夫子那里去寻找智慧。

国学经典，博大精深，内涵丰富。它是中华民族的立世之本。读国学经典，能提升我们的境界，安顿我们的心灵，锻造我们的人格，使我们获得无限的智慧！“小学国学经典教育读本”，是大学教授和特级教师、教材专家联合打造的经典读本，也是一线国学教育成果的结晶，对小学国学教育的开展，具有良好的促进作用。

学习经典要从小开始。幼学如漆，小学阶段是记忆力最强的时期，是学语言的最佳期。广大少年儿童千万不要错过这个黄金期！那么，怎样学习国学经典呢？要在老师（或家长）的引导下去学。先要粗知大意、粗知大意就是不求甚解。在此基础上，背诵下来。同学们要相信自己的记忆力，只要多读（朗读），就能背下来。

而且，记忆力是可以锻炼的，越背越会背，越背越快。一篇古文，开始可能需要一个星期才能背下来；过一段时间，一篇同样长的古文可能只要三天就背下来了。虽说“幼学如漆”——小时候背的东西记得牢固，但还要“学而时习之”，经常念念，以求牢记。总之，先背下来再说。随着年龄的增长，阅历的丰富，同学们一定能慢慢消化它，逐步理解它，使它成为灵魂的一部分。

当然，背诵要量力而行，有所选择。在这方面，可以听听老师的意见。要由短到长、由易到难，循序渐进。背得快的人，可以多背些。巴金小时候能背诵《古文观止》，茅盾能背《红楼梦》，杨振宁十七岁出国深造前夕，父亲让他利用一个寒假的时间，背会了《孟子》。而背得慢的人，可以放慢速度，减少篇目。“一刀切”，任何时候都是错误的。

孔子说“君子博学于文”，就是说一个人真正从各方面提高自己、完善自己，真正改变自己，必须读书，必须多读文化典籍。著名学者、教育家陶继新先生说：“文化就是以文化人，经典文化如果内化到我们个体的心里，外化出来就是一道绚丽的风景。因为经典文化可以改变我们的话语方式、思维方式，甚至言行举止，以至于心灵状态。”同学们，亲近经典文化吧！那是我们中华民族的立世之本！

目录

上卷

下　卷

shàng juàn

上卷

yī dōng

一东

有声朗读

经典原文

yún duì yǔ xuě duì fēng wǎn zhào duì qíng kōng
云对雨，雪对风。晚照对晴空。

lái hóng duì qù yàn sù niǎo duì míng chóng sān chǐ jiàn
来鸿对去燕，宿鸟对鸣虫。三尺剑，

liù jūn gōng lǐng běi duì jiāng dōng rén jiān qīng shǔ diàn
六钧弓。岭北对江东。人间清暑殿，

tiān shàng guǎng hán gōng liǎng àn xiǎo yān yáng liǔ lǜ yì
天上广寒宫。两岸晓烟杨柳绿，一

yuán chūn yǔ xìng huā hóng liǎng bìn fēng shuāng tú cì zǎo
园春雨杏花红。两鬓风霜，途次早

xíng zhī kè yì suō yān yǔ xī biān wǎn diào zhī wēng
行之客；一蓑烟雨，溪边晚钓之翁。

经典注释

钧：古代重量单位，三十斤为一钧。 **岭**：指五岭。 **江**：指长江。 **广寒宫**：月中仙宫。 **途次**：途中。 **蓑**：蓑衣。

经典原文

yán duì gé yì duì tóng bái sǒu duì huáng tóng
沿对革，异对同。白叟对黄童。

jiāng fēng duì hǎi wù mù zǐ duì yú wēng yán xiàng lòu ruǎn
江风对海雾，牧子对渔翁。颜巷陋，阮

tú qióng jì běi duì liáo dōng chí zhōng zhuó zú shuǐ mén
途穷。冀北对辽东。池中濯足水，门

wài dǎ tóu fēng liáng dì jiǎng jīng tóng tài sì hàn huáng zhì
外打头风。梁帝讲经同泰寺，汉皇置

jiǔ wèi yāng gōng chén lǜ yíng xīn lǎn fǔ qī xián lǜ qǐ
酒未央宫。尘虑萦心，懒抚七弦绿绮；

shuāng huá mǎn bìn xiū kàn bǎi liàn qīng tóng
霜华满鬓，羞看百炼青铜。

经典注释

叟：老年人。 **黄童**：儿童。 **颜**：指孔子的学生颜回。**阮途穷**：阮指阮籍，三国时人。阮籍常一个人驾着马车出行，走到没有路时就痛哭而返。 **濯**：洗涤。 **打头风**：逆风。 **梁帝**：指南朝时的梁武帝。 **汉皇**：指汉高祖。 **尘虑**：俗念。**绿绮**：古琴名。 **霜华**：比喻白发。 **青铜**：这里指镜子，古人用的镜子为青铜所制。

经典原文

pín duì fù sè duì tōng yě sǒu duì xī tóng
贫对富，塞对通。野叟对溪童。

bìn pó duì méi lǜ chǐ hào duì chún hóng tiān hào hào
鬓皤对眉绿，齿皓对唇红。天浩浩，
rì róng róng pèi jiàn duì wān gōng bàn xī liú shuǐ lǜ
日融融。佩剑对弯弓。半溪流水绿，
qiān shù luò huā hóng yě dù yàn chuān yáng liǔ yǔ fāng chí
千树落花红。野渡燕穿杨柳雨，芳池
yú xì jì hé fēng nǚ zǐ méi xiān é xià xiàn yì wān
鱼戏芰荷风。女子眉纤，额下现一弯
xīn yuè nán ér qì zhuàng xiōng zhōng tǔ wàn zhàng
新月；男儿气壮，胸中吐万丈
cháng hóng
长虹。

经典注释

皤：白色。　**眉绿**：指眉毛颜色好。古代女子用青黑色的黛画眉。　**皓**：白，洁白。　**芰荷**：指荷叶或荷花。

经典链接

《声律启蒙》：本书作者是清朝康熙年间的进士车万育。声律，指诗赋的声调、音韵、格律。全书以古代通行的《平水韵》的平声三十韵部为目进行编排，对仗工整，语言流畅，内容丰富。当然，原文中夹杂着少许封建糟粕，本书编者进行了适当引导，努力把最好的内容奉献给广大学生。

经典故事

白虹贯日

战国末期，燕国的太子丹派著名刺客荆轲去刺杀秦王（即后来的秦始皇）。

太子丹见荆轲迟迟不动身，怕他反悔，就对他说："荆大侠，时间不多了，我让同行的秦舞阳先行一步。"荆轲很不高兴地说道："我本来在等一个朋友，但他迟迟不来。既然太子催促，那我就动身吧！"说完，愤然离去。这时，太子丹发现天空中有一道白色长虹横贯太阳，不由叹息道："看来这次行动注定要失败啊！白虹是不祥的征兆！"后来，荆轲"图穷而匕首见"，刺杀秦王没有成功。

经典拓展

1　对一对。

晚照对晴（　　）　　牧子对渔（　　）

宿鸟对鸣（　　）　　齿皓对唇（　　）

岭北对江（　　）　　白叟对黄（　　）

2　填一填。

夸父　盘古　精卫　大禹　嫦娥　后羿　女娲　愚公

（　　　）奔月　（　　　）射日　（　　　）移山

（　　　）治水　（　　　）填海　（　　　）补天

（　　　）追日　（　　　）开天地

3　读一读。

郑板桥智解对联

据说，某天郑板桥和苏州知府一同外出巡游，路边一户人家门前贴了副对联："二三四五，六七八九。"郑板桥看后赶紧买了衣服和粮食前去叩门。门开后，只见这家一贫如洗。主人千恩万谢地收下了礼物。在回去的途中，知府忙问郑板桥怎么知道这户人家的根底。郑板桥笑道："门上那副对联不就是说缺'一（衣）'和'十（食）'嘛！"

4　背一背。

暮江吟

［唐］白居易

一道残阳铺水中，半江瑟瑟半江红。
可怜九月初三夜，露似真珠月似弓。

国学点睛

什么叫"押韵"？

押韵是诗词等韵文的语言特点之一。一般用于偶句句尾，以同韵的字相押。其主要作用是使声韵和谐优美，吟诵顺口悦耳，便于记忆流传。

èr dōng
二 冬

有声朗读

经典原文

chūn duì xià　qiū duì dōng　mù gǔ duì chén zhōng
春对夏，秋对冬。暮鼓对晨钟。

guān shān duì wán shuǐ　lǜ zhú duì cāng sōng　féng fù hǔ
观山对玩水，绿竹对苍松。冯妇虎，

yè gōng lóng　wǔ dié duì míng qióng　xián ní shuāng zǐ
叶公龙。舞蝶对鸣蛩。衔泥双紫

yàn　kè mì jǐ huáng fēng　chūn rì yuán zhōng yīng qià qià
燕，课蜜几黄蜂。春日园中莺恰恰，

qiū tiān sài wài yàn yōng yōng　qín lǐng yún héng　tiáo dì bā
秋天塞外雁雍雍。秦岭云横，迢递八

qiān yuǎn lù　wū shān yǔ xǐ　cuó é shí èr wēi fēng
千远路；巫山雨洗，嵯峨十二危峰。

经典注释

冯妇：古代有个叫冯妇的人，善于同虎搏击。　**蛩**：指蟋蟀。　**课蜜**：采蜜。　**恰恰**：莺啼声。　**雍雍**：大雁的叫声。　**迢递**：遥远的样子。　**嵯峨**：山势高峻的样子。

经典原文

míng duì àn dàn duì nóng shàng zhì duì zhōng yōng
明对暗，淡对浓。上智对中庸。
jìng lián duì yī sì yě chǔ duì cūn chōng huā zhuó shuò cǎo
镜奁对衣笥，野杵对村舂。花灼烁，草
méng róng jiǔ xià duì sān dōng tái gāo míng xì mǎ zhāi
蒙茸。九夏对三冬。台高名戏马，斋
xiǎo hào pán lóng shǒu bò xiè áo cóng bì zhuó shēn pī hè
小号蟠龙。手擘蟹螯从毕卓，身披鹤
chǎng zì wáng gōng wǔ lǎo fēng gāo xiù chā yún xiāo rú yù
氅自王恭。五老峰高，秀插云霄如玉
bǐ sān gū shí dà xiǎng chuán fēng yǔ ruò jīn yōng
笔；三姑石大，响传风雨若金镛。

经典注释

奁：古代盛梳妆用品的器具。 **笥**：盛东西的方形竹器。 **舂**：把东西放在石臼或乳钵里，去皮或捣碎。 **蒙茸**：茂盛的样子。 **戏马**：戏马台，在今江苏徐州。 **蟠龙**：东晋大将桓温之子桓玄曾筑斋室，名蟠龙斋。 **毕卓**：晋代人，嗜酒成性。 **王恭**：晋代名士。 **五老峰**：在庐山，高耸入云。 **三姑石**：在武夷山。 **金镛**：华美的大钟。镛，大钟。

经典原文

rén duì yì ràng duì gōng yǔ shùn duì xī nóng
仁对义，让对恭。禹舜对羲农。

xuě huā duì yún yè　sháo yào duì fú róng　chén hòu zhǔ
雪花对云叶，芍药对芙蓉。陈后主，

hàn zhōng zōng　xiù hǔ duì diāo lóng　liǔ táng fēng dàn dàn
汉中宗。绣虎对雕龙。柳塘风淡淡，

huā pǔ yuè nóng nóng　chūn rì zhèng yí zhāo kàn dié　qiū fēng
花圃月浓浓。春日正宜朝看蝶，秋风

nǎ gèng yè wén qióng　zhàn shì yāo gōng　bì jiè gān gē chéng
那更夜闻蛩。战士邀功，必借干戈成

yǒng wǔ　yì mín shì zhì　xū píng shī jiǔ yǎng shū yōng
勇武；逸民适志，须凭诗酒养疏慵。

经典注释

禹舜：即夏禹和虞舜。　**羲农**：即伏羲氏和神农氏。　**云叶**：云片，云朵。　**芙蓉**：荷花的别名。　**陈后主**：南朝陈亡国之君。　**汉中宗**：即汉宣帝。　**绣虎**：曹植从小就聪颖过人，文采斐然，人们称他为“绣虎”。　**雕龙**：战国时人驺奭富于文辞，人们称他为“雕龙”。　**干戈**：古时的两种兵器。　**逸民**：指遁世隐居的人。　**适志**：舒适自得。　**慵**：懒散。

经典故事

王恭鹤氅

魏晋南北朝时，很多文人喜欢穿用鸟羽制成的风衣。这种风衣的衣身和两袖非常宽大，有时干脆不用衣袖，好像披风一样，穿在身上有飘逸之感，当时称为“氅衣”，也称“鹤氅”。晋代名士王恭就特别喜欢在下雪天穿鹤氅。有一天，天上飘着雪花，地上白茫茫一片，王恭穿着鹤氅，悠闲自得地出来赏雪，非常潇洒飘逸。人们见了无不感叹：“真是神仙一样的人物啊！”

后来，“王恭氅”就成了一个典故，借指一个人脱俗的衣着和高雅的气度。

经典拓展

1　对一对。

柳塘风(　　)(　　)对花圃月(　　)(　　)

春日园中莺(　　)(　　)对秋天塞外雁(　　)(　　)

2　填一填。

(　　)立鸡群　亡(　　)补牢　杯弓(　　)影　守株待(　　)

(　　)丝马迹　心(　　)意马　抱头(　　)窜　叶公好(　　)

(　　)急跳墙　对(　　)弹琴　龙飞(　　)舞　管中窥(　　)

3　背一背。

秋　思

［唐］张籍

洛阳城里见秋风，欲作家书意万重。

复恐匆匆说不尽，行人临发又开封。

国学点睛

什么叫“对仗”？

对仗是诗歌格律的表现之一，又称队仗、排偶。它是把同类或对立概念的词语放在相对应的位置上使之相互映衬，从而使词语更具表现力，语句更具韵味。

sān jiāng
三 江

有声朗读

经典原文

lóu duì gé hù duì chuāng jù hǎi duì cháng jiāng

楼对阁，户对窗。巨海对长江。

róng cháng duì huì zhàng yù jiǎ duì yín gāng qīng bù màn

蓉裳对蕙帐，玉斝对银釭。青布幔，

bì yóu chuáng bǎo jiàn duì jīn gāng zhōng xīn ān shè jì

碧油幢。宝剑对金缸。忠心安社稷，

lì kǒu fù jiā bāng shì zǔ zhōng xīng yán mǎ wǔ jié wáng

利口覆家邦。世祖中兴延马武，桀王

shī dào shā lóng páng qiū yǔ xiāo xiāo màn làn huáng huā dōu

失道杀龙逄。秋雨潇潇，熳烂黄花都

mǎn jìng chūn fēng niǎo niǎo fú shū lǜ zhú zhèng yíng chuāng

满径；春风袅袅，扶疏绿竹正盈窗。

经典注释

蕙：一种香草。 **斝**：古代酒器，圆口，三足。 **釭**：古代灯具。 **幔**：帐幕。 **碧油幢**：青绿色的油布车帷。 **社稷**：指土神和谷神，代指国家。 **马武**：东汉将军，是光武帝建立东汉的功臣。 **龙逄**：夏桀的大臣，传说他见夏桀荒淫无道，便劝谏夏桀，结果被残暴的夏桀处死。 潇潇：小雨飘洒的样子。 熳：色彩艳丽。 袅袅：这里指微风吹拂的样子。形容柔风牵衣拂发等状。 扶疏：枝叶茂盛而高低疏密有致的样子。

经典原文

jīng duì pèi gài duì chuáng gù guó duì tā bāng
旌对旆，盖对幢。故国对他邦。

qiān shān duì wàn shuǐ jiǔ zé duì sān jiāng shān jí jí shuǐ
千山对万水，九泽对三江。山岌岌，水

cóng cóng gǔ zhèn duì zhōng zhuàng qīng fēng shēng jiǔ shè
淙淙。鼓振对钟撞。清风生酒舍，

hào yuè zhào shū chuāng zhèn shàng dǎo gē xīn zhòu zhàn dào páng
皓月照书窗。阵上倒戈辛纣战，道旁

xì jǐng zǐ yīng xiáng xià rì chí táng chū mò yù bō ōu
系颈子婴降。夏日池塘，出没浴波鸥

duì duì chūn fēng lián mù wǎng lái yíng lěi yàn shuāng shuāng
对对；春风帘幕，往来营垒燕双双。

经典注释

旌：竿头缀有牦牛尾或兼彩色羽毛为饰的一种旗帜。 旆：古代末端形状像燕尾的旗子。 九泽：古代分处于九州的九大湖泊。也泛指湖泊大泽。 三江：一般指娄江、东江、松江。岌岌：高耸的样子。 倒戈：这里指掉转兵器向己方攻击。 辛纣：商纣王，商代亡国之君。 子婴：秦始皇的孙子，被立为秦王，向刘邦投降，后被项羽杀害。 垒：此处指燕巢。

经典原文

zhū duì liǎng zhī duì shuāng huà yuè duì xiāng jiāng
铢对两，只对双。华岳对湘江。

cháo chē duì jìn gǔ sù huǒ duì hán gāng qīng suǒ tà bì
朝车对禁鼓，宿火对寒釭。青琐闼，碧

shā chuāng hàn shè duì zhōu bāng shēng xiāo míng xì xì
纱窗。汉社对周邦。笙箫鸣细细，

zhōng gǔ xiǎng chuāng chuāng zhǔ bù qī luán míng yǒu lǎn zhì
钟鼓响摐摐。主簿栖鸾名有览，治

zhōng zhǎn jì xìng wéi páng sū wǔ mù yáng xuě lǚ cān yú
中展骥姓惟庞。苏武牧羊，雪屡餐于

běi hǎi zhuāng zhōu huó fù shuǐ bì jué yú xī jiāng
北海；庄周活鲋，水必决于西江。

经典注释

铢、两：古代重量单位。 华岳：指西岳华山。 朝车：古代大臣上朝或入宫时所用车。 禁鼓：古代宫城谯（qiáo）楼上报时的鼓。 闼：内门、小门，泛指门。 邦：古代诸侯的封国。 细细：轻微。 摐摐：钟鼓响声。 鸾：传说中凤凰一类的鸟。 览：指东汉人仇览，别名仇香。曾任主簿。 骥：好马。 庞：指三国时人庞统。 苏武：汉武帝时的朝廷官员，出使匈奴而被扣留，坚贞不降，持汉节在北海边牧羊，卧冰餐雪，十九年后才得以回去。 庄周：指庄子。 鲋：指鲫鱼。

经典故事

庄周活鲋

庄子，名周，是战国时期著名哲学家。传说，有一天他走在路上，忽然听到求救的声音。他找了半天才发现，向他求救的原来是一条躺在车辙里的鲫鱼。鲫鱼说自己是从东海来的，希望庄子能拿一点水来救救它。庄子对鲫鱼说："好吧，我将去游说吴王、越王，让他们引西江的水来救你。"鲫鱼听了这话非常生气，认为庄子根本没有诚意，就说："那你倒不如早点到干鱼市场去找我呢。"这个故事说明，救助他人要及时，要有诚意。

经典拓展

1　对一对。

巨海对(　　)江　　宝剑对(　　)缸

九泽对(　　)江　　故国对(　　)邦

华岳对(　　)江　　汉社对(　　)邦

2　填一填。

皑皑　潇潇　粼粼　萋萋　依依　潺潺

秋雨(　　)　杨柳(　　)　流水(　　)

芳草(　　)　白雪(　　)　波光(　　)

3　背一背。

闻乐天授江州司马

[唐]元稹

残灯无焰影幢幢，此夕闻君谪九江。

垂死病中惊坐起，暗风吹雨入寒窗。

四支

sì zhī

有声朗读

经典原文

chá duì jiǔ fù duì shī yàn zǐ duì yīng ér
茶对酒，赋对诗。燕子对莺儿。

zāi huā duì zhòng zhú luò xù duì yóu sī sì mù jié
栽花对种竹，落絮对游丝。四目颉，

yì zú kuí qú yù duì lù sī bàn chí hóng hàn dàn
一足夔。鸲鹆对鹭鸶。半池红菡萏，

yí jià bái tú mí jǐ zhèn qiū fēng néng yìng hòu yì lí
一架白荼蘼。几阵秋风能应候，一犁

chūn yǔ shèn zhī shí zhì bó ēn shēn guó shì tūn biàn xíng
春雨甚知时。智伯恩深，国士吞变形

zhī tàn yáng gōng dé dà yì rén shù duò lèi zhī bēi
之炭；羊公德大，邑人竖堕泪之碑。

经典注释

颉：指仓颉，传说他是汉字的创造者。 **夔**：传说他是舜时的乐官，只有一只脚。 **鸲鹆**：鸟名，俗称八哥。 **菡萏**：荷花的别称。 **荼蘼**：落叶小灌木，夏初开白花。 **应候**：顺应时令节候。 **智伯**：赵襄子杀死了智伯，豫让为了给智伯报仇，吞下木炭使声音改变，伺机接近赵襄子而刺杀他。 **羊公**：晋代人羊祜(hù)在镇守荆州时，清廉爱民，死后，当地老百姓见到在岘山上为他立的碑就流泪，后人因此称此碑为堕泪碑。

经典原文

xíng duì zhǐ sù duì chí wǔ jiàn duì wéi qí
行对止，速对迟。舞剑对围棋。

huā jiān duì cǎo zì zhú jiǎn duì máo zhuī fén shuǐ dǐng xiàn
花笺对草字，竹简对毛锥。汾水鼎，岘

shān bēi hǔ bào duì xióng pí huā kāi hóng jǐn xiù shuǐ
山碑。虎豹对熊罴。花开红锦绣，水

yàng bì liú lí qù fù yīn tàn lín shè zǎo chū qī wèi
漾碧琉璃。去妇因探邻舍枣，出妻为

zhòng hòu yuán kuí dí yùn hé xié xiān guǎn qià cóng yún
种后园葵。笛韵和谐，仙管恰从云

lǐ jiàng lǔ shēng yī yà yú zhōu zhèng xiàng xuě zhōng yí
里降；橹声咿轧，渔舟正向雪中移。

经典注释

毛锥：毛笔。 **汾水鼎**：汉武帝在汾水得到的古鼎。 **岘山碑**：即堕泪碑。 **罴**：熊的一种，也叫马熊或人熊。

经典原文

gē duì jiǎ gǔ duì qí zǐ yàn duì huáng lí
戈对甲，鼓对旗。紫燕对黄鹂。

méi suān duì lǐ kǔ qīng yǎn duì bái méi sān nòng dí
梅酸对李苦，青眼对白眉。三弄笛，

yì wéi qí yǔ dǎ duì fēng chuī hǎi táng chūn shuì zǎo
一围棋。雨打对风吹。海棠春睡早，

yáng liǔ zhòu mián chí zhāng jùn céng wèi huái shù fù dù
杨柳昼眠迟。张骏曾为槐树赋，杜

líng bú zuò hǎi táng shī jìn shì tè qí kě bǐ yì bān
陵不作海棠诗。晋士特奇，可比一斑

zhī bào táng rú bó shí kān wéi wǔ zǒng zhī guī
之豹；唐儒博识，堪为五总之龟。

经典注释

青眼：晋代阮籍见到喜欢的人就待以青眼，见到凡夫俗子就示以白眼。 **白眉**：三国时人马良，眉中有白毛。 **张骏**：晋代人，曾作《槐树赋》。 **杜陵**：指唐代诗人杜甫。 **晋士**：指晋代人王献之。 **唐儒**：指唐代人殷践猷(yóu)。

经典故事

阮籍青白眼

阮籍是三国魏文学家、思想家，他非常有才学，是“竹林七贤”之一。当时社会黑暗，他不愿与世俗同流合污，所以不守礼俗，行为怪异。他常用青眼和白眼两种不同的状态来看人。对那些盲目遵守礼法的人，他以白眼相看，表示自己不愿与他们为伍；见到自己喜欢的人，他以青眼相对，表示尊重。阮籍的母亲过世了，嵇喜前来吊丧，他用白眼看嵇喜。后来嵇喜的弟弟嵇康听说了，就带着酒和琴前去拜访，阮籍看到他非常高兴，就用青眼看他。

经典拓展

1　对一对。

赋对(　　)　　落絮对(　　)(　　)

行对(　　)　　舞剑对(　　)(　　)

速对(　　)　　花笺对(　　)(　　)

2　填一填。

给“食”找座位

饱食终日　废寝忘食　丰衣足食　自食其言　自食其力

说了不算，不守信用。　(　　　　)

吃饱肚子，不做事情。　(　　　　)

不顾睡觉，忘了吃饭。　(　　　　)

自己劳动，养活自己。　(　　　　)

穿的吃的，都很富足。　(　　　　)

3　背一背。

赠刘景文

[宋]苏轼

荷尽已无擎雨盖，菊残犹有傲霜枝。

一年好景君须记，最是橙黄橘绿时。

国学点睛

什么是古体诗?

古体诗，又称“古风”，这种诗体以五言和七言居多，也有四言、六言和杂言，每首不限句数，不讲究对仗，用韵和平仄相对自由。

wǔ wēi

五微

有声朗读

经典原文

lái duì wǎng, mì duì xī. yàn wǔ duì yīng fēi.
来对往，密对稀。燕舞对莺飞。

fēng qīng duì yuè lǎng, lù zhòng duì yān wēi. shuāng jú shòu,
风清对月朗，露重对烟微。霜菊瘦，

yǔ méi féi. kè lù duì yú jī. wǎn xiá shū jǐn xiù,
雨梅肥。客路对渔矶。晚霞舒锦绣，

zhāo lù zhuì zhū jī. xià shǔ kè sī qī shí zhěn, qiū hán
朝露缀珠玑。夏暑客思攲石枕，秋寒

fù niàn jì biān yī. chūn shuǐ cái shēn, qīng cǎo àn biān yú
妇念寄边衣。春水才深，青草岸边渔

fǔ qù; xī yáng bàn luò, lǜ suō yuán shàng mù tóng guī.
父去；夕阳半落，绿莎原上牧童归。

经典注释

矶：水边石滩或突出的岩石。 **珠玑**：珍珠。 **攲**：倾斜，这里指斜靠着。 **石枕**：石制的枕头。 **边衣**：戍边将士的衣服。

经典原文

kuān duì měng shì duì fēi fú měi duì chéng féi
宽对猛，是对非。服美对乘肥。
shān hú duì dài mào jǐn xiù duì zhū jī táo zhuó zhuó
珊瑚对玳瑁，锦绣对珠玑。桃灼灼，
liǔ yī yī lǜ àn duì hóng xī chuāng qián yīng bìng
柳依依。绿暗对红稀。窗前莺并
yǔ lián wài yàn shuāng fēi hàn zhì tài píng sān chǐ jiàn
语，帘外燕双飞。汉致太平三尺剑，
zhōu zhēn dà dìng yì róng yī yín chéng shǎng yuè zhī shī
周臻大定一戎衣。吟成赏月之诗，
zhǐ chóu yuè duò zhēn mǎn sòng chūn zhī jiǔ wéi hàn chūn guī
只愁月堕；斟满送春之酒，惟憾春归。

经典注释

乘肥：乘坐着骏马驾的车子。比喻奢华的生活。**玳瑁**：一种海洋动物，形似龟。 **灼灼**：鲜艳明亮的样子。 **周臻大定一戎衣**：周武王一穿上战衣，就消灭了商纣王，使天下安定。

经典原文

shēng duì sè bǎo duì jī hǔ jié duì lóng qí
声对色，饱对饥。虎节对龙旗。
yáng huā duì guì yè bái jiǎn duì zhū yī máng yě fèi yàn
杨花对桂叶，白简对朱衣。尨也吠，燕

yú fēi dàng dàng duì wēi wēi chūn xuān zī rì qì qiū
于飞。荡荡对巍巍。春暄资日气，秋

lěng jiè shuāng wēi chū shǐ zhèn wēi féng fèng shì zhì mín yì
冷借霜威。出使振威冯奉世，治民异

děng yǐn wēng guī yàn wǒ dì xiōng zài yǒng dì táng wěi wěi
等尹翁归。燕我弟兄，载咏棣棠韡韡；

mìng yī jiàng shuài wèi gē yáng liǔ yī yī
命伊将帅，为歌杨柳依依。

经典注释

虎节：古代使臣所持的虎形信物。 龙旗：画有龙形图案的旗帜。 尨：毛多的狗。 冯奉世：西汉名将，被封为关内侯。 尹翁归：西汉时一位干练而又廉洁的官吏。 燕：同“宴”，宴请。 韡韡：光泽鲜艳的样子。

经典故事

尹翁归治民

西汉时的尹翁归是一位公正廉洁的官员。汉宣帝时，他出任东海郡太守，在任时除暴安良，执法严明。

当时东海郡有个豪强，名叫许仲孙。这个人横行霸道，为害乡里，百姓叫苦不迭，但都拿他没办法。这是因为前几任太守捉拿许仲孙时，他都利用自己的势力，玩弄狡诈的手段而得以逃脱。尹翁归到任后，立即将他捉拿归案，依法治罪。许仲孙被斩首示众，整个东海郡都震惊了。从此以后，东海郡被治理得秩序井然。

经典拓展

1 对一对。

来对（　　），密对（　　）。燕舞对（　　）（　　）。

宽对（　　），是对（　　）。服美对（　　）（　　）。

声对（　　），饱对（　　）。虎节对（　　）（　　）。

2 填一填。

例：上对（下）　地对（天）

高对（　　）　近对（　　）　白对（　　）　早对（　　）

冷对（　　）　涝对（　　）　老对（　　）　女对（　　）

3 读一读。

奇联妙对贺新春

天增岁月人增寿　春满乾坤福满门

国泰民安一岁胜一岁　人寿年丰一年强一年

4 背一背。

山　中

［唐］王勃

长江悲已滞，万里念将归。

况属高风晚，山山黄叶飞。

国学点睛

什么是新体诗？

诗体名，因产生于齐武帝永明年间，故又称“永明体”。其体崇尚声律和对偶，是过渡到唐代近体诗的一种诗体。

liù yú
六 鱼

有声朗读

经典原文

wú duì yǒu shí duì xū zuò fù duì guān shū
无对有，实对虚。作赋对观书。

lǜ chuāng duì zhū hù bǎo mǎ duì xiāng jū bó lè mǎ
绿窗对朱户，宝马对香车。伯乐马，

hào rán lǘ yì yàn duì qiú yú fēn jīn qí bào shū
浩然驴。弋雁对求鱼。分金齐鲍叔，

fèng bì lìn xiàng rú zhì dì jīn shēng sūn chuò fù huí
奉璧蔺相如。掷地金声孙绰赋，回

wén jǐn zì dòu tāo shū wèi yù yīn zōng xū mí kùn fù
文锦字窦滔书。未遇殷宗，胥靡困傅

yán zhī zhù jì féng zhōu hòu tài gōng shě wèi shuǐ zhī yú
岩之筑；既逢周后，太公舍渭水之渔。

经典注释

车：此处“车”属鱼韵，应读“jū”。本韵另两处“车”亦读“jū”。**伯乐**：春秋时人，善于相马。 **浩然**：唐代诗人孟浩然。他曾冒雪骑驴观梅花。 **弋**：用带有绳子的箭射。 **鲍叔**：春秋时齐国大夫鲍叔牙。 **孙绰**：晋代人，善于写文章。 **回文**：一种修辞手法，可以倒着或反复回旋地阅读。 胥靡：古代服劳役的刑徒。傅岩：古代地名。 太公：即姜太公。

经典原文

zhōng duì shǐ jí duì xú duǎn hè duì huá jū
终对始，疾对徐。短褐对华裾。

liù cháo duì sān guó tiān lù duì shí qú qiān zì cè
六朝对三国，天禄对石渠。千字策，

bā háng shū yǒu ruò duì xiàng rú huā cán wú xì dié
八行书。有若对相如。花残无戏蝶，

zǎo mì yǒu qián yú luò yè wǔ fēng gāo fù xià xiǎo hé
藻密有潜鱼。落叶舞风高复下，小荷

fú shuǐ juǎn huán shū ài xiàn rén cháng gòng fú xuān ní
浮水卷还舒。爱见人长，共服宣尼

xiū jiǎ gài kǒng zhāng jǐ lìn shuí zhī ruǎn yù jìng fén jū
休假盖；恐彰己吝，谁知阮裕竟焚车。

经典注释

褐：粗布或粗布衣服。 六朝：三国时吴国、东晋和南朝宋、齐、梁、陈都曾建都于建康(今南京)，史称六朝。 三国：指蜀、魏、吴三国。 天禄、石渠：都是汉代藏书的地方。 有若：孔子的学生。 相如：战国有蔺相如，汉代有司马相如。 宣尼：即孔子。 假：借。 盖：遮阳挡雨的用具，指车篷或伞盖。

经典原文

lín duì fèng biē duì yú nèi shǐ duì zhōng shū
麟对凤，鳖对鱼。内史对中书。

lí chú duì lěi sì quǎn kuài duì jiāo xū xī jiǎo dài
犁锄对耒耜，畎浍对郊墟。犀角带，

xiàng yá shū sì mǎ duì ān jū qīng yī néng bào shè
象牙梳。驷马对安车。青衣能报赦，

huáng ěr jiě chuán shū tíng pàn yǒu rén chí duǎn jiàn mén
黄耳解传书。庭畔有人持短剑，门

qián wú kè yè cháng jū bō làng pāi chuán hài zhōu rén
前无客曳长裾。波浪拍船，骇舟人

zhī shuǐ sù fēng luán rào shè lè yǐn zhě zhī shān jū
之水宿；峰峦绕舍，乐隐者之山居。

经典注释

内史、中书：都是古代官名。 **耒耜**：古代一种像犁的农具，也用作农具的总称。 **畎浍**：指田间的水沟。 **驷马**：同驾一辆车的四匹马。 **黄耳**：犬名。 **短剑**：匕首。

经典故事

阮裕焚车

晋代人阮裕，字思旷，以德行闻名天下。阮裕家里有一辆结构结实、造型美观的车子，尽管阮裕很爱惜这辆车，但只要乡亲们来借用车，他都慷慨相借，从不吝啬。

有一次，阮裕邻

居的老母亲去世了。那位邻居很想借阮裕的车来为母亲送葬，可他转念一想，借这么华贵的车来做丧车，实在太为难车主人了，于是打消了这个念头。

阮裕知道后叹息道："唉，我的车子就是为了方便大家而添置的，现在却因为它太华贵而让人不敢借用，我还要它做什么呢？"说罢，他就一把火烧掉了这辆车。

经典拓展

1 对一对。

伯乐（　　），浩然（　　）。弋雁对（　　）（　　）。

千字（　　），八行（　　）。有若对（　　）（　　）。

犀角（　　），象牙（　　）。驷马对（　　）（　　）。

2 填一填。

光阴似（　　）　骨瘦如（　　）　心乱如（　　）　守口如（　　）

健步如（　　）　身轻如（　　）　挥汗如（　　）　暴跳如（　　）

视死如（　　）　水平如（　　）　对答如（　　）　胆小如（　　）

3 读一读。

弯竹子，破直篾，打圆箍，枷扁桶，装东装西；

粗棉条，纺细线，织宽布，缝长衫，调南调北。

4 背一背。

赠　别

［唐］杜牧

娉娉袅袅十三余，豆蔻梢头二月初。

春风十里扬州路，卷上珠帘总不如。

国学点睛

什么是近体诗？

近体诗又称今体诗，是唐代形成的律诗和绝句的统称，句数、字数、平仄、用韵等都有严格的规定。

qī yú
七虞

有声朗读

经典原文

jīn duì yù bǎo duì zhū yù tù duì jīn wū
金对玉，宝对珠。玉兔对金乌。

gū zhōu duì duǎn zhào yí yàn duì shuāng fú héng zuì yǎn
孤舟对短棹，一雁对双凫。横醉眼，

niǎn yín xū lǐ bái duì yáng zhū qiū shuāng duō guò
捻吟须。李白对杨朱。秋霜多过

yàn yè yuè yǒu tí wū rì nuǎn yuán lín huā yì shǎng xuě
雁，夜月有啼乌。日暖园林花易赏，雪

hán cūn shè jiǔ nán gū rén chǔ lǐng nán shàn tàn jù xiàng
寒村舍酒难沽。人处岭南，善探巨象

kǒu zhōng chǐ kè jū jiāng zuǒ ǒu duó lí lóng hàn xià zhū
口中齿；客居江左，偶夺骊龙颔下珠。

经典注释

金乌：指太阳。 **棹**：一种划船工具，类似船桨。 **凫**：野鸭。 **醉眼**：醉后迷糊的眼睛。杜甫有诗："弟妹悲歌里，乾坤醉眼中。" **吟须**：唐代诗人卢延让曾写过："吟安一个字，捻断数茎须。" **杨朱**：即杨子，战国初哲学家。 **骊龙**：

黑龙。传说海底骊龙颌下有宝珠，称骊珠。

经典原文

xián duì shèng，zhì duì yú。fù fěn duì shī zhū。
贤对圣，智对愚。傅粉对施朱。

míng jiāng duì lì suǒ，qiè kē duì tí hú。jiū bǔ zǐ，yàn tiáo chú。shí zhàng duì xún chú。yān qīng lǒng àn liǔ，fēng jí hàn tíng wú。qú yǎn yì fāng duān shí yàn，lóng xián sān zhù bó shān lú。qū zhǎo yú duō，kě shǐ yú rén jié wǎng；píng tián tù shǎo，màn láo gēng zhě shǒu zhū。
名缰对利锁，挈榼对提壶。鸠哺子，燕调雏。石帐对郇厨。烟轻笼岸柳，风急撼庭梧。鸜眼一方端石砚，龙涎三炷博山炉。曲沼鱼多，可使渔人结网；平田兔少，漫劳耕者守株。

经典注释

挈榼：提起酒器。　**石帐**：石崇的锦帐。晋代巨富石崇，曾经做锦丝步帐，有五十里长。　**郇厨**：唐代人韦陟袭封郇国公，他家厨房中饮食丰富，人们去他府上多酒足饭饱而归。**鸜眼**：即鸲眼，指端石砚上的圆形斑点。　**龙涎**：抹香鲸胃中分泌物，是极名贵的香料。　**守株**：守株待兔的意思。

经典原文

qín duì zhào，yuè duì wú。diào kè duì gēng fū。
秦对赵，越对吴。钓客对耕夫。

jī qiú duì zhàng lǚ qǐ zǐ duì sāng yú tiān yù xiǎo
箕裘对杖履，杞梓对桑榆。天欲晓，

rì jiāng bū jiǎo tù duì yāo hú dú shū gān cì gǔ
日将晡。狡兔对妖狐。读书甘刺股，

zhǔ zhōu xī fén xū hán xìn wǔ néng píng sì hǎi zuǒ sī
煮粥惜焚须。韩信武能平四海，左思

wén zú fù sān dū jiā dùn yōu rén shì zhì zhú lí máo
文足赋三都。嘉遁幽人，适志竹篱茅

shè shèng yóu gōng zǐ wán qíng liǔ mò huā qú
舍；胜游公子，玩情柳陌花衢。

经典注释

箕裘：簸箕和皮衣，比喻祖传家业。 履：鞋。 晡：申时，下午三点至五点。 焚须：唐代人李勣(jì)生性友爱，他的姐姐生病了，他亲自为姐姐煮粥，不慎被柴火烧到了胡须。

经典故事

探骊得珠

传说很久很久以前，黄河边有户贫穷的人家依靠编织芦苇来维持生计。一天，家中的儿子潜入深渊，在那里，他发现了一颗闪闪发光的明珠。他游过去使劲一拽，明珠就落到了怀里。儿子回到家，激动地把事情的经过告诉了父亲。父亲听后叹息说：“真是太险了！

这颗价值千金的明珠原本在九重深渊中的骊龙颔下。你摘的时候骊龙一定睡着了，它要是醒着，你早就没命了。”

经典拓展

1　对一对。

日（　　）园林花（　　）赏

雪（　　）村舍酒（　　）沽

2　填一填。

（　　）花一现　（　　）暗花明　望（　　）止渴　胸有成（　　）

（　　）断丝连　（　　）水相逢　负（　　）请罪　囫囵吞（　　）

3　读一读。

鲁迅巧对对联

鲁迅在“三味书屋”读书时，经常要上“对课”。一次寿镜吾老先生出了一个上联：“独角兽。”学生们对了“二头蛇”“三足蟾”“八脚虫”“九头鸟”等，寿先生都不满意。鲁迅对了个“比目鱼”。寿先生拍案叫绝，说：“‘独’不是数目字，但含有‘单’的意味；‘比’也不是数目字，却含有‘双’的内蕴。两相对合，天衣无缝。”

4　背一背。

芙蓉楼送辛渐

［唐］王昌龄

寒雨连江夜入吴，平明送客楚山孤。
洛阳亲友如相问，一片冰心在玉壶。

国学点睛

什么是律诗？

近体诗的一种。律诗的韵、平仄、对仗都有许多讲究。它起源于南北朝，成熟于唐代，共有八句，分为首、颔、颈、尾四联，中间两联必须对仗。

bā qí

八齐

有声朗读

经典原文

yán duì xiù jiàn duì xī yuǎn àn duì wēi dī hè

岩对岫，涧对溪。远岸对危堤。鹤

cháng duì fú duǎn shuǐ yàn duì shān jī xīng gǒng běi yuè liú

长对凫短，水雁对山鸡。星拱北，月流

xī hàn lù duì tāng ní táo lín niú yǐ fàng yú bǎn mǎ

西。汉露对汤霓。桃林牛已放，虞坂马

cháng sī shū zhí qù guān wén guǎng shòu dì xiōng ràng guó yǒu

长嘶。叔侄去官闻广受，弟兄让国有

yí qí sān yuè chūn nóng sháo yào cóng zhōng hú dié wǔ wǔ

夷齐。三月春浓，芍药丛中蝴蝶舞；五

gēng tiān xiǎo hǎi táng zhī shàng zǐ guī tí

更天晓，海棠枝上子规啼。

经典注释

岫：山洞。　**鹤长**：鹤的腿细长。　**凫短**：野鸭子腿短。**山鸡**：即锦鸡。　**汉露**：汉武帝曾造承露盘以承甘露。　**汤霓**：成汤征伐天下，百姓期盼他就像大旱天期盼出现云霓。**桃林**：周武王灭亡商朝后，归马于华山之阳，放牛于桃林之野。　**虞坂**：古地名。　**子规**：杜鹃鸟的别名。

经典原文

yún duì yǔ shuǐ duì ní bái bì duì xuán guī
云对雨，水对泥。白璧对玄圭。

xiàn guā duì tóu lǐ jìn gǔ duì zhēng pí xú zhì tà
献瓜对投李，禁鼓对征鼙。徐稚榻，

lǔ bān tī fèng zhù duì luán qī yǒu guān qīng sì shuǐ
鲁班梯。凤翥对鸾栖。有官清似水，

wú kè zuì rú ní jié fà wéi wén táo kǎn mǔ duàn jī
无客醉如泥。截发惟闻陶侃母，断机

zhǐ yǒu yuè yáng qī qiū wàng jiā rén mù sòng lóu tóu qiān
只有乐羊妻。秋望佳人，目送楼头千

lǐ yàn zǎo xíng yuǎn kè mèng jīng zhěn shàng wǔ gēng jī
里雁；早行远客，梦惊枕上五更鸡。

经典注释

白璧：平圆形中间有孔的白玉。 **玄圭**：黑色玉器。 **献瓜**：《新唐书》有"道有献瓜果者"之句。 **投李**：《诗经》有"投我以木李"之句。 **鼙**：军中用的小鼓。 **徐稚**：东汉人，字孺子。 **翥**：（鸟）向上飞。

经典原文

xióng duì hǔ xiàng duì xī pī lì duì hóng ní
熊对虎，象对犀。霹雳对虹霓。

dù juān duì kǒng què guì lǐng duì méi xī xiāo shǐ fèng
杜鹃对孔雀，桂岭对梅溪。萧史凤，

sòng zōng jī yuǎn jìn duì gāo dī shuǐ hán yú bú yuè
宋宗鸡。远近对高低。水寒鱼不跃，

lín mào niǎo pín qī yáng liǔ hè yān péng zé xiàn táo huā
林茂鸟频栖。杨柳和烟彭泽县，桃花

liú shuǐ wǔ líng xī gōng zǐ zhuī huān xián zhòu yù cōng yóu
流水武陵溪。公子追欢，闲骤玉骢游

qǐ mò jiā rén juàn xiù mèn yǐ shān zhěn yǎn xiāng guī
绮陌；佳人倦绣，闷攲珊枕掩香闺。

经典注释

霹雳：响雷，震雷。 **萧史**：周代人，善于吹箫。 **宋宗**：晋代人宋处宗。 **玉骢**：泛指骏马。 **攲**：同"倚"，斜靠。 **珊枕**：珊瑚装饰的枕头。

经典故事

乐羊子妻

东汉时，有一个叫乐羊子的人，他的妻子非常贤惠。乐羊子到远方去求学，刚过一年，就回到了家中。妻子问他："你怎么现在就回来了？"乐羊子说："我想家了。"妻子一听，拿起剪刀走到织布机旁，说道："这些布是由一根根丝织成，一寸一寸积累起来，如此才能成丈成匹。如果我现在拿剪刀剪断它，那我以前所有的劳动就全白费了。读书也是如此，如果半途而废，和剪断这些布匹有什么区别呢？"乐

羊子听后深受感动，于是继续外出求学，七年都没有回家。

经典拓展

1　对一对。

三月春浓，(　　)(　　)丛中(　　)(　　)舞；

五更天晓，(　　)(　　)枝上(　　)(　　)啼。

2　填一填。

替罪羊　井底蛙　孺子牛　铁公鸡　千里马

德才兼备、大有作为的人。(　　　　)

鞠躬尽瘁、为民造福的人。(　　　　)

孤陋寡闻、见识不广的人。(　　　　)

一毛不拔、吝啬钱财的人。(　　　　)

代人受过、替人挨揍的人。(　　　　)

3　读一读。

南京明故宫联

[明]朱元璋

世事如棋，一着争来千古业；

柔情似水，几时流尽六朝春。

4　背一背。

台　城

[唐]韦庄

江雨霏霏江草齐，六朝如梦鸟空啼。

无情最是台城柳，依旧烟笼十里堤。

国学点睛

什么是应制诗?

应制诗是古代臣属奉皇帝之命而作的应酬诗，唐以后大都为五言六韵或八韵的排律。内容多为歌功颂德，少数也陈述一些对皇帝的期望和劝谏。

jiǔ jiā

九 佳

有声朗读

经典原文

hé duì hǎi hàn duì huái chì àn duì zhū yá

河对海，汉对淮。赤岸对朱崖。

lù fēi duì yú yuè bǎo diàn duì jīn chāi yú yǔ yǔ niǎo

鹭飞对鱼跃，宝钿对金钗。鱼圉圉，鸟

jiē jiē cǎo lǚ duì máng xié gǔ xián chóng dǔ hòu shí

喈喈。草履对芒鞋。古贤崇笃厚，时

bèi xǐ huī xié mèng xùn wén gōng tán xìng shàn yán shī kǒng

辈喜诙谐。孟训文公谈性善，颜师孔

zǐ wèn xīn zhāi huǎn fǔ qín xián xiàng liú yīng ér bìng

子问心斋。缓抚琴弦，像流莺而并

yǔ xié pái zhēng zhù lèi guò yàn zhī xiāng āi

语；斜排筝柱，类过雁之相挨。

经典注释

宝钿：用金翠珠玉做成的花朵形的妇女首饰。 **圉圉**：局促不舒展的样子。 **喈喈**：鸟叫声。 **草履、芒鞋**：草鞋。 **孟**：指战国时思想家孟子。 **性善**：孟子认为人之初，心性都是善良的。《孟子·滕文公上》有："孟子道性善，言必称尧、舜。” **颜**：指孔子的学生颜回。 **心斋**：摒除杂念，使心境虚静纯一。 **筝柱**：乐器筝上的弦柱。

经典原文

fēng duì jiǎn děng duì chā bù ǎo duì jīng chāi
丰对俭，等对差。布袄对荆钗。

yàn háng duì yú zhèn yú sài duì lán yá tiāo jì nǚ
雁行对鱼阵，榆塞对兰崖。挑荠女，

cǎi lián wá jú jìng duì tái jiē shī chéng liù yì bèi
采莲娃。菊径对苔阶。诗成六义备，

yuè zòu bā yīn xié zào lǜ lì āi qín fǎ kù zhī yīn
乐奏八音谐。造律吏哀秦法酷，知音

rén shuō zhèng shēng wā tiān yù fēi shuāng sài shàng yǒu
人说郑声哇。天欲飞霜，塞上有

hóng háng yǐ guò yún jiāng zuò yǔ tíng qián duō yǐ zhèn
鸿行已过；云将作雨，庭前多蚁阵

xiān pái
先排。

经典注释

榆塞：秦将蒙恬在边境植榆为塞，后以“榆塞”泛指边塞、边关。 **六义**：指《诗经》的风、雅、颂、赋、比、兴。 **八音**：古时称用金、石、丝、竹、匏、土、革、木制成的乐器为八音，泛指音乐。 **郑声**：春秋时郑国的歌曲。 **哇**：形容乐曲淫靡、颓废。 **阵**：战斗队形。

经典原文

chéng duì shì xiàng duì jiē pò wū duì kōng jiē
城对市，巷对街。破屋对空阶。

táo zhī duì guì yè qì yǐn duì qiáng wō méi kě wàng
桃枝对桂叶，砌蚓对墙蜗。梅可望，

jú kān huái jì lù duì gāo chái huā cáng gū jiǔ shì
橘堪怀。季路对高柴。花藏沽酒市，

zhú yìng dú shū zhāi mǎ shǒu bù róng gū zhú kòu chē lún
竹映读书斋。马首不容孤竹扣，车轮

zhōng jiù luò yáng mái cháo zǎi jǐn yī guì shù wū xī zhī
终就洛阳埋。朝宰锦衣，贵束乌犀之

dài gōng rén bǎo jì yí zān bái yàn zhī chāi
带；宫人宝髻，宜簪白燕之钗。

经典注释

梅可望：指望梅止渴。季路、高柴：都是孔子的学生。乌犀：犀牛的一种。

经典故事

豺狼当道，安问狐狸

东汉时期，外戚专权。汉安元年，汉顺帝派遣八位大臣巡察四方，张纲是其中年纪最轻、资历最浅的一位。其他人都奉命到任，只有张纲停在洛阳都亭不肯动身。他对送行的人说：“豺狼正拦路肆虐，这时候去管那些狐狸干什么呢！”于是，他返回朝廷向汉顺帝上了一道奏章，弹劾(hé)专权的外戚梁冀等人。这件事在当时引起了轰动。可是，由于梁冀等人的势力非常强大，张纲的意见最终还是没有被汉顺帝采纳。

经典拓展

1 对一对。

古贤崇笃厚对时辈喜(　　)(　　)

诗成六义备对乐奏(　　)(　　)谐

2 填一填。

(　　)风拂面	(　　)风送爽	(　　)风细雨
(　　)风习习	(　　)风呼啸	(　　)风刺骨
(　　)风骤雨	(　　)风大作	(　　)风苦雨

3 读一读。

诗中风

夜来风雨声，花落知多少。——[唐]孟浩然《春晓》

随风潜入夜，润物细无声。——[唐]杜甫《春夜喜雨》

羌笛何须怨杨柳，春风不度玉门关。——[唐]王之涣《凉州词》

不知细叶谁裁出，二月春风似剪刀。——[唐]贺知章《咏柳》

4 背一背。

山　行

[唐]杜牧

远上寒山石径斜，白云生处有人家。
停车坐爱枫林晚，霜叶红于二月花。

国学点睛

被誉为“神笔”的书法家是谁？

明末清初的书法家王铎(duó)，以行草书为世人瞩目，被誉为“神笔”，其代表作有《琅华馆帖》《拟山园帖》等。

shí huī
十 灰

有声朗读

经典原文

zēng duì sǔn bì duì kāi bì cǎo duì cāng tái
增对损，闭对开。碧草对苍苔。

shū qiān duì bǐ jià liǎng yào duì sān tái zhōu shào hǔ
书签对笔架，两曜对三台。周召虎，

sòng huán tuí làng yuàn duì péng lái xūn fēng shēng diàn
宋桓魋。阆苑对蓬莱。薰风生殿

gé hào yuè zhào lóu tái què mǎ hàn wén sī bà xiàn tūn
阁，皓月照楼台。却马汉文思罢献，吞

huáng táng tài jì yí zāi zhào yào bā huāng hè hè lì
蝗唐太冀移灾。照耀八荒，赫赫丽

tiān qiū rì zhèn jīng bǎi lǐ hōng hōng chū dì chūn léi
天秋日；震惊百里，轰轰出地春雷。

经典注释

两曜：指太阳和月亮。 **三台**：星名，上台司命，中台司中，下台司禄。 **召虎**：周朝时召穆公。 **桓魋**：春秋时宋国司马。孔子路过宋国，桓魋想害孔子，孔子说：“天生德于予，桓魋其如予何？”意思是天把道德降生在我身上，桓魋能把我怎么样呢？ 阆苑、蓬莱：都是传说中的仙境。 薰风：和风。 汉文：指汉文帝。 唐太：指唐太宗。

经典原文

shā duì shuǐ huǒ duì huī yǔ xuě duì fēng léi
沙对水，火对灰。雨雪对风雷。

shū yín duì zhuàn pǐ shuǐ hǔ duì yán wēi gē jiù qǔ
书淫对传癖，水浒对岩隈。歌旧曲，

niàng xīn pēi wǔ guǎn duì gē tái chūn táng jīng yǔ fàng
酿新醅。舞馆对歌台。春棠经雨放，

qiū jú ào shuāng kāi zuò jiǔ gù nán wàng qū niè tiáo
秋菊傲霜开。作酒固难忘曲糵，调

gēng bì yào yòng yán méi yuè mǎn yǔ lóu jù hú chuáng
羹必要用盐梅。月满庾楼，据胡床

ér kě wán huā kāi táng yuàn hōng jié gǔ yǐ xī cuī
而可玩；花开唐苑，轰羯鼓以奚催。

经典注释

书淫：晋代人皇甫谧嗜书成癖，被称作“书淫”。 传癖：晋代人杜预好读《左传》，自称有《左传》癖。 水浒：水边。 岩隈：深山中曲折处。 醅：未过滤的酒。也泛指酒。 曲糵：酒曲。 羯鼓：我国古代的一种打击乐器。

经典原文

xiū duì jiù fú duì zāi xiàng zhù duì xī bēi
休对咎，福对灾。象箸对犀杯。

gōng huā duì yù liǔ， jùn gé duì gāo tái。 huā bèi lěi，

宫花对御柳，峻阁对高台。花蓓蕾，

cǎo gēn gāi。 tī xiǎn duì wān tái。 yǔ qián tíng yǐ nào，

草根荄。剔藓对剜苔。雨前庭蚁闹，

shuāng hòu zhèn hóng āi。 yuán liàng nán chuāng jīn rì ào，

霜后阵鸿哀。元亮南窗今日傲，

sūn hóng dōng gé jǐ shí kāi。 píng zhǎn qīng yīn，yě wài róng

孙弘东阁几时开。平展青茵，野外茸

róng ruǎn cǎo；gāo zhāng cuì wò，tíng qián yù yù liáng huái。

茸软草；高张翠幄，庭前郁郁凉槐。

经典注释

休：这里指吉祥。 咎：这里指祸凶。 箸：筷子。 荄：草根。 剜：用刀挖。 元亮：晋代诗人陶渊明，字元亮。 孙弘：即公孙弘，汉武帝时做过丞相。 幄：帐幕。

经典故事

羯鼓催花

唐玄宗通晓音律，据说有天早晨他起来游园，看见花园里的杏花含苞待放，于是感叹道："面对这样美丽的景色，怎能不叫人心有所感呢？"高力士听后忙派人取来羯鼓。唐玄宗在园子里演奏了一曲《春光好》。曲子演奏完后，大家惊奇地发现，本来含苞欲

放的杏花竟然完全盛开了。唐玄宗非常高兴，笑着对身边的人说："就冲这一件事，怎么能不称我为天公呢？"

经典拓展

1　对一对。

平展青茵，野外（　　）（　　）软草；

高张翠幄，庭前（　　）（　　）凉槐。

2　填一填。

（　　）马观花　（　　）马当先　（　　）马奔腾　（　　）马功劳

（　　）马识途　（　　）马加鞭　（　　）马行空　（　　）马找马

3　读一读。

李时珍自幼善对

李时珍自幼聪明好学，还没进学堂就认识很多字。据说他很擅长对对子。刚入学堂时，私塾先生给他出了个上联："远声隔林静。"李时珍当时只有八岁，他看着窗外朝霞明媚，来往的旅客已经起程，不慌不忙地对道："明霞对客飞。"先生大为吃惊，决心倾力培养他。

4　背一背。

过华清宫

［唐］杜牧

长安回望绣成堆，山顶千门次第开。

一骑红尘妃子笑，无人知是荔枝来。

国学点睛

什么是双簧？

双簧，曲艺的一种。它是一种一人在前面用形体表演，一人藏在后面用声音说唱，合二为一，以假乱真的艺术形式。

shí yī zhēn

十一 真

有声朗读

经典原文

xié duì zhèng jiǎ duì zhēn xiè zhì duì qí lín
邪对正，假对真。獬豸对麒麟。

hán lú duì sū yàn lù jú duì zhuāng chūn hán wǔ guǐ
韩卢对苏雁，陆橘对庄椿。韩五鬼，

lǐ sān rén běi wèi duì xī qín chán míng āi mù xià
李三人。北魏对西秦。蝉鸣哀暮夏，

yīng zhuàn yuàn cán chūn yě shāo yàn téng hóng shuò shuò xī
莺啭怨残春。野烧焰腾红烁烁，溪

liú bō zhòu bì lín lín xíng wú zōng jū wú lú sòng
流波皱碧粼粼。行无踪，居无庐，颂

chéng jiǔ dé dòng yǒu shí cáng yǒu jié lùn zhù qián shén
成酒德；动有时，藏有节，论著钱神。

经典注释

獬豸：神话中的神兽，相传能辨是非。　**韩卢**：战国时韩国的一种叫卢的良犬。　**苏雁**：苏武出使匈奴，被困十九年。匈奴王谎称苏武已死，汉使就假称汉朝天子曾经射下系有苏武书信的大雁，匈奴王只好放了苏武。　**庄椿**：《庄子》："上古有大椿者，以八千岁为春，八千岁为秋。” **五鬼**：唐代韩愈《送穷文》中提到：智穷、学穷、文穷、命穷和交穷为五穷鬼。**李三人**：李白有诗句：“举杯邀明月，对影成三人。” **酒德**：晋代刘伶曾作《酒德颂》。 **钱神**：晋代人鲁褒著有《钱神论》。

经典原文

āi duì lè fù duì pín hǎo yǒu duì jiā bīn tán
哀对乐，富对贫。好友对嘉宾。弹

guān duì jié shòu bái rì duì qīng chūn jīn fěi cuì yù qí
冠对结绶，白日对青春。金翡翠，玉麒

lín hǔ zhǎo duì lóng lín liǔ táng shēng xì làng huā jìng
麟。虎爪对龙鳞。柳塘生细浪，花径

qǐ xiāng chén xián ài dēng shān chuān xiè jī zuì sī lù jiǔ
起香尘。闲爱登山穿谢屐，醉思漉酒

tuō táo jīn xuě lěng shuāng yán yǐ jiàn sōng yún tóng ào
脱陶巾。雪冷霜严，倚槛松筠同傲

suì rì chí fēng nuǎn mǎn yuán huā liǔ gè zhēng chūn
岁；日迟风暖，满园花柳各争春。

经典注释

绶：用作佩戴玉和挂官印的丝带。 **谢屐**：南朝宋人谢灵运设计的木屐。 **陶巾**：陶渊明煮酒，用头上葛巾过滤酒。

经典原文

xiāng duì huǒ tàn duì xīn rì guān duì tiān jīn
香对火，炭对薪。日观对天津。

chán xīn duì dào yǎn　yě fù duì gōng pín　rén wú dí，
禅心对道眼，野妇对宫嫔。仁无敌，

dé yǒu lín　wàn dàn duì qiān jūn　tāo tāo sān xiá shuǐ，
德有邻。万石对千钧。滔滔三峡水，

rǎn rǎn yì xī bīng　chōng guó gōng míng dāng huà gé，zǐ
冉冉一溪冰。充国功名当画阁，子

zhāng yán xíng guì shū shēn　dǔ zhì shī shū，sī rù shèng
张言行贵书绅。笃志诗书，思入圣

xián jué yù；wàng qíng guān jué，xiū zhān míng lì xiān chén
贤绝域；忘情官爵，羞沾名利纤尘。

经典注释

日观：泰山上有座山峰叫日观峰。　**天津**：桥名，在河南洛阳洛河上。　**禅心**：指清静寂定的心境。　**石**：古时四钧为一石。　**充国**：西汉著名武将赵充国。　**子张**：孔子的学生。

经典故事

麒麟阁画像

汉朝时，长安城未央宫有一座叫麒麟阁的宫殿。汉宣帝

为了追念那些辅佐帝王、功勋卓著的大臣，下旨将十一位大臣的图像画在麒麟阁里，描绘他们的形体外貌，写上他们的官爵、姓名。赵充国骁勇善战，武帝、昭帝时，就曾率军反击匈奴，屡建奇功。宣帝即位后，他被封为营平侯。宣帝认为他功勋卓著，就把他画进了麒麟阁，以表彰他的功绩。

经典拓展

1 对一对。

蝉鸣哀暮夏对莺啭怨(　　)(　　)

柳塘生细浪对花径起(　　)(　　)

2 填一填。

(　　)留酸软齿牙，芭蕉分绿与窗纱。

晴川历历汉阳树，芳草(　　)鹦鹉洲。

繁枝容易(　　)落，嫩蕊商量细细开。

3 读一读。

天上月圆，人间月半，月月月圆逢月半；

今宵年尾，明日年头，年年年尾接年头。

4 背一背。

清　明

[唐]杜牧

清明时节雨纷纷，路上行人欲断魂。
借问酒家何处有？牧童遥指杏花村。

国学点睛

什么是话本？

指唐、宋、元时期说话艺人依据的底本，或以此为基础的抄本、出版物，也称“话文”或简称“话”。“话”即故事，“说话”就是讲故事，类似现代的说书。

十二文

shí èr wén

有声朗读

经典原文

jiā duì guó wǔ duì wén sì fǔ duì sān jūn
家对国，武对文。四辅对三军。

jiǔ jīng duì sān shǐ jú fù duì lán fēn gē běi bǐ
九经对三史，菊馥对兰芬。歌北鄙，

yǒng nán xūn ěr tīng duì yáo wén shào gōng zhōu tài bǎo
咏南薰。迩听对遥闻。召公周太保，

lǐ guǎng hàn jiāng jūn wén huà shǔ mín jiē cǎo yǎn zhēng
李广汉将军。闻化蜀民皆草偃，争

quán jìn tǔ yǐ guā fēn wū xiá yè shēn yuán xiào kǔ āi
权晋土已瓜分。巫峡夜深，猿啸苦哀

bā dì yuè héng fēng qiū zǎo yàn fēi gāo tiē chǔ tiān yún
巴地月；衡峰秋早，雁飞高贴楚天云。

经典注释

四辅：官职名，指天子身边的四个辅佐大臣。 **三军**：周制，诸侯大国设三军，后成为军队的统称。 **九经**：儒家的九部经典，一般指《易经》《尚书》《诗经》《左传》《公羊传》《穀梁传》《礼记》《仪礼》《周礼》。 **三史**：指《史记》《汉书》《后汉书》三部史书。 **召公**：周成王以召公为太保（官名）。 **李广**：汉朝名将，人称"飞将军"。

经典原文

qī duì zhèng jiàn duì wén yǎn wǔ duì xiū wén
欹对正，见对闻。偃武对修文。

yáng chē duì hè jià zhāo xù duì wǎn xūn huā yǒu yàn zhú chéng wén
羊车对鹤驾，朝旭对晚曛。花有艳，竹成文。

mǎ suì duì yáng xīn shān zhōng liáng zǎi xiàng shù xià hàn jiāng jūn
马燧对羊欣。山中梁宰相，树下汉将军。

shī zhàng jiě wéi jiā dào yùn dāng lú gū jiǔ tàn wén jūn
施帐解围嘉道韫，当垆沽酒叹文君。

hǎo jǐng yǒu qī běi lǐng jǐ zhī méi sì xuě fēng nián xiān zhào xī jiāo qiān qǐng jià rú yún
好景有期，北岭几枝梅似雪；丰年先兆，西郊千顷稼如云。

经典注释

欹：倾斜。 **偃武**：停息武备。 **修文**：修治文教。 **羊车**：古代宫中用羊牵引的小车。 **鹤驾**：太子或仙人的车驾。 **马燧**：唐朝名将。 **羊欣**：南朝宋书法家。 **梁宰相**：指南朝齐梁时的陶弘景。 **汉将军**：指东汉大将冯异。

经典原文

yáo duì shùn xià duì yīn cài mào duì liú fén
尧对舜，夏对殷。蔡茂对刘蕡。

shān míng duì shuǐ xiù wǔ diǎn duì sān fén táng lǐ dù
山明对水秀，五典对三坟。唐李杜，

jìn jī yún shì fù duì zhōng jūn yǔ qíng jiū huàn fù
晋机云。事父对忠君。雨晴鸠唤妇，

shuāng lěng yàn hū qún jiǔ liàng hóng shēn zhōu pú yè shī
霜冷雁呼群。酒量洪深周仆射，诗

cái jùn yì bào cān jūn niǎo yì cháng suí fèng xī xún
才俊逸鲍参军。鸟翼长随，凤兮洵

zhòng qín zhǎng hú wēi bù jiǎ hǔ yě zhēn bǎi shòu zūn
众禽长；狐威不假，虎也真百兽尊。

经典注释

蔡茂：汉朝人。 **刘蕡**：唐代人。 **五典、三坟**：传说中我国上古的书籍。“五典”指少昊、颛顼、高辛、唐、虞之书。“三坟”指伏羲、神农、黄帝之书。 **李杜**：唐代李白、杜甫以诗齐名。 **机云**：晋代陆机、陆云兄弟以文齐名。 **周仆射**：晋代人周颛（yǐ）。 **鲍参军**：南朝宋人鲍照。 **洵**：确实，实在。

经典故事

山中宰相

南朝人陶弘景虽然很有才学，但做官却不得志，于是辞官到茅山修道。

梁武帝萧衍做皇帝以前就和陶弘景是好朋友。萧衍预备立国时，对朝代名称拿不定主意。陶弘景根据当时的童谣和预卜吉凶的书籍，说其国号应当是“水丑木”，拼起来是“梁”字。

萧衍就将国号定为“梁”。

梁武帝知道陶弘景是个难得的奇才，几次请他出山做官，都被他拒绝了。但只要有国家大事，梁武帝还是会派人前去咨询，陶弘景“山中宰相”的名声便是这样得来的。

经典拓展

1　对一对。

(　　)(　　)有期，北岭几枝梅似(　　)；

(　　)(　　)先兆，西郊千顷稼如(　　)。

2　填一填。

例：远在天边(近在眼前)

八仙过海(　　　　)　　千里之行(　　　　)

一夫当关(　　　　)　　百尺竿头(　　　　)

万事俱备(　　　　)　　十年树木(　　　　)

3　背一背。

海　客

[唐]李商隐

海客乘槎上紫氛，星娥罢织一相闻。

只应不惮牵牛妒，聊用支机石赠君。

国学点睛

什么是弹词?

弹词是明、清时代很流行的说唱曲艺形式，主要流行于南方，多用琵琶、三弦或月琴伴奏，自弹自唱。弹词的来历缺乏明确的记载，一般认为源于元、明两代的词话，是“弹唱词话”的略称。

shí sān yuán

十三 元

有声朗读

经典原文

yōu duì xiǎn jì duì xuān liǔ àn duì táo yuán
幽对显，寂对喧。柳岸对桃源。

yīng péng duì yàn yǒu zǎo mù duì hán xuān yú yuè zhǎo
莺朋对燕友，早暮对寒暄。鱼跃沼，

hè chéng xuān zuì dǎn duì yín hún qīng chén shēng fàn
鹤乘轩。醉胆对吟魂。轻尘生范

zèng jī xuě yōng yuán mén lǚ lǚ qīng yān fāng cǎo dù
甑，积雪拥袁门。缕缕轻烟芳草渡，

sī sī wēi yǔ xìng huā cūn yì què wáng tōng xiàn tài píng
丝丝微雨杏花村。诣阙王通，献太平

shí èr cè chū guān lǎo zǐ zhù dào dé wǔ qiān yán
十二策；出关老子，著道德五千言。

经典注释

桃源：即桃花源，语出陶渊明的《桃花源记》。 **寒暄**：冷暖，也指冬夏。 **醉胆**：指唐代诗人李白。典出杜甫《饮中八仙歌》。 **吟魂**：指唐代诗人贾岛。贾岛以苦吟著称。 **范甑**：东汉人范冉，家贫，蒸饭的甑中积满了灰尘。 **袁门**：东汉人袁安，下大雪时，他不愿外出麻烦别人，就闭门高卧不起。洛阳令认为他是贤才，就推举他为孝廉。　王通：隋代大儒，曾献《太平策》。　道德：即《道德经》，相传春秋末期由老子所著。

经典原文

ér duì nǚ　zǐ duì sūn　yào pǔ duì huā cūn
儿对女，子对孙。药圃对花村。

gāo lóu duì suì gé　chì bào duì xuán yuán　fēi zǐ qí
高楼对邃阁，赤豹对玄猿。妃子骑，

fū rén xuān　kuàng yě duì píng yuán　páo bā néng gǔ sè
夫人轩。旷野对平原。匏巴能鼓瑟，

bó shì shàn chuī xūn　fù fù zǎo méi sī yì shǐ　qī qī
伯氏善吹埙。馥馥早梅思驿使，萋萋

fāng cǎo yuàn wáng sūn　qiū xī yuè míng　sū zǐ huáng gāng
芳草怨王孙。秋夕月明，苏子黄岗

yóu jué bì　chūn zhāo huā fā　shí jiā jīn gǔ qǐ fāng yuán
游绝壁；春朝花发，石家金谷启芳园。

经典注释

邃阁：幽深的楼阁。　妃子骑：杜牧有诗句："一骑红尘妃子笑，无人知是荔枝来。"骑，旧读jì。　夫人轩：古代贵妇人乘坐的以鱼皮为装饰的车。　匏巴：古代传说中说他善于鼓瑟。　伯氏：《诗经》有"伯氏吹埙，仲氏吹篪(chí)"之句。埙：陶制乐器。　苏子黄岗：宋代苏轼曾游黄冈赤壁，著有《赤壁赋》。　石家金谷：晋代石崇有金谷园，为当时仕宦文人游宴聚会、赋诗斗酒场所。

经典原文

gē duì wǔ dé duì ēn quǎn mǎ duì jī tún
歌对舞，德对恩。犬马对鸡豚。

lóng chí duì fèng zhǎo yǔ zhòu duì yún tún liú xiàng gé
龙池对凤沼，雨骤对云屯。刘向阁，

lǐ yīng mén lì hè duì tí yuán liǔ yáo chūn bái zhòu
李膺门。唳鹤对啼猿。柳摇春白昼，

méi nòng yuè huáng hūn suì lěng sōng yún jiē yǒu jié chūn
梅弄月黄昏。岁冷松筠皆有节，春

xuān táo lǐ běn wú yán zào wǎn qí chán suì suì qiū lái
暄桃李本无言。噪晚齐蝉，岁岁秋来

qì hèn tí xiāo shǔ niǎo nián nián chūn qù shāng hún
泣恨；啼宵蜀鸟，年年春去伤魂。

经典注释

龙池、凤沼：都是宫中池沼名。 **刘向**：汉代人。 **李膺**：汉代李膺反对宦官专权的黑暗政治，刚正不阿，士人以与他结交为荣，称“登龙门”。 **蜀鸟**：指杜鹃。

经典故事

鹤乘轩

春秋时期的卫懿（yì）公喜欢养鹤。他的宫廷、花园里到处是鹤，就连外出时鹤也要乘坐豪华的轩车。人们对他的这种行为非常反感。

后来北狄(dí)攻打卫国，卫懿公下令迎战。将士们都气愤地说：“国君还是派仙鹤去和敌人打仗吧。它们平时享有的地位和待遇，可比我们高多了！”卫懿公只好亲自领兵出征。结果，仓促上阵的卫军惨败，卫懿公本人也因此被杀。

经典拓展

1　对一对。

噪晚齐蝉，(　　)(　　)(　　)(　　)泣恨；

啼宵蜀鸟，(　　)(　　)(　　)(　　)伤魂。

2　填一填。

重于泰(　)　　(　)山再起　　同舟共(　)　　(　)征北战

人山人(　)　　(　)辕北辙　　跃然纸(　)　　(　)阔天空

3　读一读。

诗中雪

孤舟蓑笠翁，独钓寒江雪。　——[唐]柳宗元《江雪》

窗含西岭千秋雪，门泊东吴万里船。　——[唐]杜甫《绝句》

千里黄云白日曛，北风吹雁雪纷纷。　——[唐]高适《别董大》

4　背一背。

赠花卿

[唐]杜甫

锦城丝管日纷纷，半入江风半入云。

此曲只应天上有，人间能得几回闻。

shí sì hán
十四 寒

有声朗读

经典原文

duō duì shǎo yì duì nán hǔ jù duì lóng pán
多对少，易对难。虎踞对龙蟠。

lóng zhōu duì fèng niǎn bái hè duì qīng luán fēng xī xī lù
龙舟对凤辇，白鹤对青鸾。风淅淅，露

tuán tuán xiù gǔ duì diāo ān yú yóu hé yè zhǎo lù
抟抟。绣毂对雕鞍。鱼游荷叶沼，鹭

lì liǎo huā tān yǒu jiǔ ruǎn diāo xī yòng jiě wú yú féng
立蓼花滩。有酒阮貂奚用解，无鱼冯

jiá bì xū tán dīng gù mèng sōng kē yè hū rán shēng
铗必须弹。丁固梦松，柯叶忽然生

fù shàng wén láng huà zhú zhī shāo shū ěr zhǎng háo duān
腹上；文郎画竹，枝梢倏尔长毫端。

经典注释

虎踞、龙蟠：形容地势险要。 凤辇：古代帝王所乘的车。 抟抟：形容露水多。 毂：车轮的中心部分，有圆孔，可以插轴。 阮貂：晋代人阮孚嗜酒，曾经用金貂裘换酒喝。冯铗：战国时齐国人冯谖（xuān）为孟尝君门客，不受重视，弹铗(剑)而歌。 丁固:三国时吴国大臣。 文郎:宋代画家文同,善画竹。

经典原文

hán duì shǔ shī duì gān lǔ yǐn duì qí huán
寒对暑,湿对干。鲁隐对齐桓。

hán zhān duì nuǎn xí yè yǐn duì chén cān shū zǐ dài
寒毡对暖席,夜饮对晨餐。叔子带,

zhòng yóu guān jiá rǔ duì hán dān jiā hé yōu xià hàn
仲由冠。郏鄏对邯郸。嘉禾忧夏旱,

shuāi liǔ nài qiū hán yáng liǔ lǜ zhē yuán liàng zhái xìng huā
衰柳耐秋寒。杨柳绿遮元亮宅,杏花

hóng yìng zhòng ní tán jiāng shuǐ liú cháng huán rào sì qīng
红映仲尼坛。江水流长,环绕似青

luó dài hǎi chán lún mǎn chéng míng rú bái yù pán
罗带;海蟾轮满,澄明如白玉盘。

经典注释

鲁隐:鲁隐公。 齐桓:齐桓公。 叔子:晋代的羊祜,字叔子。 仲由:即子路,孔子的学生。 郏鄏:古地名,周都城所在地。在今河南洛阳。 邯郸:古地名。今河北邯郸。 仲尼坛:相传为孔子聚徒讲学的地方。 海蟾:指月亮。

经典原文

héng duì shù zhǎi duì kuān hēi zhì duì dàn wán
横对竖,窄对宽。黑志对弹丸。

zhū lián duì huà dòng cǎi jiàn duì diāo lán chūn jì lǎo
朱帘对画栋，彩槛对雕栏。春既老，

yè jiāng lán bǎi bì duì qiān guān huái rén chēng zú zú
夜将阑。百辟对千官。怀仁称足足，

bào yì měi bān bān hào mǎ jūn wáng céng shì gǔ shí zhū
抱义美般般。好马君王曾市骨，食猪

chǔ shì jǐn sī gān shì yǎng shuāng xiān yuán lǐ zhōu zhōng xié
处士仅思肝。世仰双仙，元礼舟中携

guō tài rén chēng lián bì xià hóu chē shàng bìng pān ān
郭泰；人称连璧，夏侯车上并潘安。

经典注释

黑志、弹丸：比喻地域狭小。志，同"痣"。 **百辟**：古代指诸侯，后也指百官。 **双仙**：汉代的李膺（字元礼）与郭泰交往密切。一天两人共同乘船，人们看到后以为他们是神仙。 **连璧**：晋代的夏侯湛与潘岳友善，二人都长得俊美，当时的人称他们为连璧。

经典故事

冯谖弹铗

战国时期，孟尝君有一名门客叫冯谖。刚来没几天，冯谖就背靠柱子，弹着剑唱道："吃饭没有鱼，长剑啊，我们回去吧！"孟尝君听说后，就让人给他鱼吃。过了不久，冯谖又弹着剑唱道："出门没有车坐，长剑啊，我们回去吧！"孟尝君又让人给他准备了车子。就这样过了一段时间，冯谖又唱道："没有办法养家，长剑啊，我们回去吧！"孟尝君得知冯谖家中还有年迈的母亲，就派人按时供她吃穿。后来，冯谖为巩固孟尝君在齐国的政治地位做出了重大贡献。

经典拓展

1　对一对。

多对(　　)，易对(　　)。虎踞对(　　)(　　)。

寒对(　　)，湿对(　　)。鲁隐对(　　)(　　)。

2　填一填。

例：颜色——五颜六色

言语——(　)言(　)语　　安乐——安(　)乐(　)

清秀——(　)清(　)秀　　粉碎——粉(　)碎(　)

强壮——(　)强(　)壮　　呼唤——呼(　)唤(　)

3　读一读。

杭州六和塔联

［明］徐渭

一掌擎天，五指三长两短；

六和插地，七层四面八方。

4　背一背。

竹枝词

［唐］刘禹锡

瞿塘嘈嘈十二滩，此中道路古来难。

长恨人心不如水，等闲平地起波澜。

shí wǔ shān
十五 删

有声朗读

经典原文

xīng duì fèi fù duì pān lù cǎo duì shuāng jiān
兴对废，附对攀。露草对霜菅。

gē lián duì jiè kòu xí kǒng duì xī yán shān lěi lěi
歌廉对借寇，习孔对希颜。山垒垒，

shuǐ chán chán fèng bì duì tàn huán lǐ yóu gōng dàn zuò
水潺潺。奉璧对探镮。礼由公旦作，

shī běn zhòng ní shān lǘ kùn kè fāng jīng bà shuǐ jī míng
诗本仲尼删。驴困客方经灞水，鸡鸣

rén yǐ chū hán guān jǐ yè shuāng fēi yǐ yǒu cāng hóng
人已出函关。几夜霜飞，已有苍鸿

cí běi sài shù zhāo wù àn qǐ wú xuán bào yǐn nán shān
辞北塞；数朝雾暗，岂无玄豹隐南山。

经典注释

菅：多年生草本植物，叶子细长而尖，花绿色。 **廉**：东汉人廉范，做过蜀郡太守。 **寇**：东汉人寇恂（xún），做过颍川太守。 **希颜**：仰慕颜回的品行。 **镮**：同“环”。

经典原文

yóu duì shàng chǐ duì qiān wù jì duì yān huán
犹对尚，侈对悭。雾髻对烟鬟。

yīng tí duì què zào dú hè duì shuāng xián huáng niú xiá
莺啼对鹊噪，独鹤对双鹇。黄牛峡，

jīn mǎ shān jié cǎo duì xián huán kūn shān wéi yù jí
金马山。结草对衔环。昆山惟玉集，

hé pǔ yǒu zhū huán ruǎn jí jiù néng wéi yǎn bái lǎo lái
合浦有珠还。阮籍旧能为眼白，老莱

xīn ài zhuó yī bān qī chí bì shì rén cǎo yī mù shí
新爱着衣斑。栖迟避世人，草衣木食；

yǎo tiǎo qīng chéng nǚ yún bìn huā yán
窈窕倾城女，云鬓花颜。

经典注释

鹇：一种鸟，尾长，略似锦鸡。 **合浦**：古郡名，汉置，盛产珍珠。 **老莱**：老莱子，传说是古代的孝子。

经典原文

yáo duì sòng liǔ duì yán shǎng shàn duì chéng jiān
姚对宋，柳对颜。赏善对惩奸。

chóu zhōng duì mèng lǐ qiǎo huì duì chī wán kǒng běi hǎi xiè
愁中对梦里，巧慧对痴顽。孔北海，谢

dōng shān shǐ yuè duì zhēng mán yín shēng wén pú shàng lí
东山。使越对征蛮。淫声闻濮上，离

qǔ tīng yáng guān xiāo jiàng páo pī rén guì bái xiǎo ér yī
曲听阳关。骁将袍披仁贵白，小儿衣

zhuó lǎo lái bān máo shè wú rén nán què chén āi shēng tà
着老莱斑。茅舍无人，难却尘埃生榻

shàng zhú tíng yǒu kè shàng liú fēng yuè zài chuāng jiān
上；竹亭有客，尚留风月在窗间。

经典注释

姚、宋：唐代时，姚崇与宋璟齐名。 **柳、颜**：唐代书法家柳公权和颜真卿。 **孔北海**：东汉人孔融，字文举，做过北海相。 **谢东山**：晋代人谢安，曾隐居东山，做过丞相。 **征蛮**：征伐蛮族。 **濮上**：濮水之滨。 **阳关**：唐代诗人王维有“西出阳关无故人”的诗句，后人依此谱成《阳关三叠》曲。 **仁贵**：唐代大将薛仁贵常穿白袍，被称为“白袍将军”。

经典故事

鸡鸣狗盗

战国时，齐国的孟尝君养了很多门客。有一次，孟尝君奉齐王之命出使秦国，不料却被秦王扣留。孟尝君知道大难将至，就派人向秦王宠爱的妃子求救。妃子答应了，但要求孟尝君把他的价值千金的白色狐皮裘给她。狐皮裘早已献给了秦王，这可怎么办呢？这时，孟尝君手下有个善于钻狗洞的门客说自己可以把狐皮裘取来。当天晚上，这个门客就轻而易举地钻进了秦王的宝库，取出了狐皮裘。妃子如愿得到狐皮裘，说服秦王不杀孟尝君。孟尝君怕秦王反悔，带着门客连夜赶到函谷关，此时天色尚黑，关门还没打开。正好孟尝君手下有一个善于学鸡鸣的门客，只见他伸长脖子，向着夜空鸣叫，函谷关内外的公鸡也纷纷跟着叫了起来。守门的官吏以为天就要亮了，便打开了关门。孟尝君等人迅速出关，顺利逃回齐国。

经典拓展

1　对一对。

几夜(　　)飞，已(　　)苍鸿辞(　　)(　　)；

数朝(　　)暗，岂(　　)玄豹隐(　　)(　　)。

2　填一填。

鼠　牛　虎　兔　龙　蛇　马　羊　猴　鸡　狗　猪

呆若木(　　)	识途老(　　)	杀鸡吓(　　)
生龙活(　　)	顺手牵(　　)	叶公好(　　)
气冲斗(　　)	过街老(　　)	打草惊(　　)
守株待(　　)	一龙一(　　)	偷鸡摸(　　)

3　读一读。

漳州白云岩书院联

［宋］朱熹

地位清高，日月每从肩上过；

门庭开豁，江山常在掌中看。

4　背一背。

出　塞

［唐］王昌龄

秦时明月汉时关，万里长征人未还。

但使龙城飞将在，不教胡马度阴山。

xià juàn
下 卷

yī xiān
一 先

有声朗读

经典原文

qíng duì yǔ dì duì tiān tiān dì duì shān chuān
晴对雨，地对天。天地对山川。

shān chuān duì cǎo mù chì bì duì qīng tián jiá rǔ dǐng
山川对草木，赤壁对青田。郏鄏鼎，

wǔ chéng xián mù bǐ duì tái qián jīn chéng sān yuè
武城弦。木笔对苔钱。金城三月

liǔ yù jǐng jiǔ qiū lián hé chù chūn zhāo fēng jǐng hǎo
柳，玉井九秋莲。何处春朝风景好，

shuí jiā qiū yè yuè huá yuán zhū zhuì huā shāo qiān diǎn qiáng
谁家秋夜月华圆。珠缀花梢，千点蔷

wēi xiāng lù liàn héng shù miǎo jǐ sī yáng liǔ cán yān
薇香露；练横树杪，几丝杨柳残烟。

经典注释

武城：春秋时鲁国的一个城邑。 **木笔**：即辛夷花。 **苔钱**：苔点形状像圆圆的钱币。 **金城**：东晋丹阳郡江乘县地名。桓温年少时在这个地方种过柳树，若干年后回来，发现柳树已有十围粗了。 玉井：唐朝韩愈有诗："太华峰头玉井莲，开花十丈藕如船。" 杪：树梢。

经典原文

qián duì hòu hòu duì xiān zhòng chǒu duì gū yán
前对后，后对先。众丑对孤妍。

yīng huáng duì dié bǎn hǔ xué duì lóng yuān jī shí
莺簧对蝶板，虎穴对龙渊。击石

qìng guān wéi biān shǔ mù duì yuān jiān chūn yuán huā
磬，观韦编。鼠目对鸢肩。春园花

liǔ dì qiū zhǎo jì hé tiān bái yǔ pín huī xián kè
柳地，秋沼芰荷天。白羽频挥闲客

zuò wū shā bàn zhuì zuì wēng mián yě diàn jǐ jiā
坐，乌纱半坠醉翁眠。野店几家，

yáng jiǎo fēng yáo gū jiǔ pèi cháng chuān yí dài yā tóu
羊角风摇沽酒旆；长川一带，鸭头

bo tàn mài yú chuán
波泛卖鱼船。

经典注释

莺簧：黄莺鸣叫的声音如笙簧奏乐。 蝶板：蝴蝶飞舞时双翅扇动如拍板。 石磬：古时一种石制打击乐器。 韦：皮革。有成语"韦编三绝"。 白羽：泛指白色的羽毛扇。 羊角：旋风。 鸭头：形容绿色的水波。

经典原文

lí duì kǎn zhèn duì qián yí rì duì qiān nián yáo
离对坎，震对乾。一日对千年。尧

tiān duì shùn rì shǔ shuǐ duì qín chuān sū wǔ jié zhèng
天对舜日，蜀水对秦川。苏武节，郑

qián zhān jiàn hè duì lín quán huī gē néng tuì rì chí
虔毡。涧壑对林泉。挥戈能退日，持

guǎn mò kuī tiān hán shí fāng chén huā làn màn zhōng qiū jiā
管莫窥天。寒食芳辰花烂熳，中秋佳

jié yuè chán juān mèng lǐ róng huá piāo hū zhěn zhōng zhī kè
节月婵娟。梦里荣华，飘忽枕中之客；

hú zhōng rì yuè ān xián shì shàng zhī xiān
壶中日月，安闲市上之仙。

经典注释

离、坎、震、乾：均为《易经》中的卦名。 尧天、舜日：比喻太平盛世。 苏武节：《汉书》中记载，苏武在匈奴持节不降。 郑虔：唐代人，家里很穷，杜甫曾赠诗“才名四十年，坐客寒无毡”。 寒食：即寒食节。 烂熳：即烂漫。

经典故事

壶中日月

相传，东汉的费长房曾经在集市上看到一个卖药老翁。老翁每天等到集市散了后，就跳进自己挂在摊子前的壶里。

费长房感到非常惊奇，就带上酒肉去拜访老翁。老翁对他说：“你明天再来吧。”第二天，费长房再次拜访，老翁带他一起跳进壶中，只见壶中风景优美，摆满了美酒佳肴，真是另一番天地。费长房和老翁大醉而归。

经典拓展

1　对一对。

晴对(　　)，地对(　　)。天地对(　　)(　　)。

前对(　　)，后对(　　)。众丑对(　　)(　　)。

2　填一填。

接天莲叶无穷碧，映日(　　　)别样红。

烟笼寒水月笼沙，夜泊(　　　)近酒家。

绿树阴浓夏日长，(　　　)倒影入池塘。

3　读一读。

墙壁当前，龙不飞，凤不舞，桃不开花，梨不结果，可笑小子；

棋盘在案，车无轮，马无鞍，炮无烟火，兵无粮草，敢杀将军。

4　背一背。

六月二十七日望湖楼醉书

[宋]苏轼

黑云翻墨未遮山，白雨跳珠乱入船。

卷地风来忽吹散，望湖楼下水如天。

èr xiāo
二 萧

有声朗读

经典原文

gōng duì màn lìn duì jiāo shuǐ yuǎn duì shān yáo sōng
恭对慢，吝对骄。水远对山遥。松

xuān duì zhú jiàn xuě fù duì fēng yáo chéng wǔ mǎ guàn
轩对竹槛，雪赋对风谣。乘五马，贯

shuāng diāo zhú miè duì xiāng xiāo míng chán cháng chè yè
双雕。烛灭对香消。明蟾常彻夜，

zhòu yǔ bù zhōng zhāo lóu gé tiān liáng fēng sà sà guān hé
骤雨不终朝。楼阁天凉风飒飒，关河

dì gé yǔ xiāo xiāo jǐ diǎn lù sī rì mù cháng fēi hóng
地隔雨潇潇。几点鹭鸶，日暮常飞红

liǎo àn yì shuāng xī chì chūn zhāo pín fàn lǜ yáng qiáo
蓼岸；一双鸂鶒，春朝频泛绿杨桥。

经典注释

雪赋：南朝宋人谢惠连著有《雪赋》。 **风谣**：咏风的歌谣。 **明蟾**：皎洁明亮的月亮。蟾，这里指月亮。 **飒飒**：形容风声。 **潇潇**：风雨急骤的样子。 **鸂鶒**：指一种像鸳鸯的水鸟。

经典原文

kāi duì luò àn duì zhāo zhào sè duì yú sháo

开对落，暗对昭。赵瑟对虞韶。

yáo chē duì yì qí jǐn xiù duì qióng yáo xiū rǎng bì

轺车对驿骑，锦绣对琼瑶。羞攘臂，

lǎn zhé yāo fàn zèng duì yán piáo hán tiān yuān zhàng jiǔ

懒折腰。范甑对颜瓢。寒天鸳帐酒，

yè yuè fèng tái xiāo wǔ nǚ yāo zhī yáng liǔ ruǎn jiā rén

夜月凤台箫。舞女腰肢杨柳软，佳人

yán mào hǎi táng jiāo háo kè xún chūn nán mò cǎo qīng xiāng

颜貌海棠娇。豪客寻春，南陌草青香

zhèn zhèn xián rén bì shǔ dōng táng jiāo lǜ yǐng yáo yáo

阵阵；闲人避暑，东堂蕉绿影摇摇。

经典注释

赵瑟：指瑟。该乐器战国时流行于赵国。 **虞韶**：指虞舜时的乐曲《韶》。 **轺车**：古代一种轻便的车。 **骑**：旧读jì。 **折腰**：弯腰，谄媚的样子。晋代陶渊明不为五斗米折腰，辞官归隐。

经典原文

bān duì mǎ dǒng duì cháo xià zhòu duì chūn xiāo

班对马，董对晁。夏昼对春宵。

léi shēng duì diàn yǐng mài suì duì hé miáo bā qiān lù

雷声对电影，麦穗对禾苗。八千路，

niàn sì qiáo zǒng jiǎo duì chuí tiáo lù táo yún nèn liǎn
廿四桥。总角对垂髫。露桃匀嫩脸，

fēng liǔ wǔ xiān yāo jiǎ yì fù chéng shāng fú niǎo zhōu
风柳舞纤腰。贾谊赋成伤鹏鸟，周

gōng shī jiù tuō chī xiāo yōu sì xún sēng yì xìng qǐ zhī
公诗就托鸱鸮。幽寺寻僧，逸兴岂知

é ěr jìn cháng tíng sòng kè lí hún bù jué àn rán xiāo
俄尔尽；长亭送客，离魂不觉黯然消。

经典注释

班、马：汉代史学家班固和司马迁。 **董、晁**：汉代经学家董仲舒和政论家晁错。 **总角、垂髫**：都指儿童。 **鹏**：一种类似猫头鹰的鸟，古人认为见之不祥。 **鸱鸮**：鸟类的一种，头大，嘴短而弯曲。常用以比喻贪恶之人。 **俄尔**：忽然，顷刻。 **长亭**：古时道路旁每十里设一亭，供旅人歇息或饯别亲友，称十里长亭。

经典故事

周公旦借诗谏成王

周武王死后，周公旦摄政，辅佐年幼的周成王。

武庚对商朝的灭亡很不甘心。他趁机挑拨周公旦与其他大臣的关系，并暗中准备起兵反叛。

周成王知道武庚与管叔、蔡叔等人勾结的情况后，派周公旦出兵讨伐。周公旦杀了武庚和管叔，将蔡叔流放到远方。周王朝从此得到了巩固和发展。

后来周公旦写了一首名为《鸱鸮》的诗送给成王，诗中写道：猫头鹰啊猫头鹰，你已抢走了我的儿，不要再毁我的家。我多么辛苦殷勤，为哺育儿女已累垮。趁着天还没有下雨，我忙着把桑根剥下，加紧修补好门窗。下面的人还有谁敢欺侮我？

周公旦在诗中把武庚等叛乱者比作猫头鹰，表达了自己对国家的关切和忧虑，表明了自己对周成王的忠心不贰。

经典拓展

1 对一对。

水远对(　　)(　　)　　雪赋对(　　)(　　)

烛灭对(　　)(　　)　　锦绣对(　　)(　　)

夏昼对(　　)(　　)　　麦穗对(　　)(　　)

2 填一填。

成语对台戏

例：(大)同(小)异

七(　)八(　)　(　)吁(　)叹　(　)入(　)出

半(　)半(　)　(　)惊(　)怪　(　)腔(　)调

谈(　)说(　)　(　)差(　)错　(　)离(　)别

3 背一背。

赤　壁

[唐]杜牧

折戟沉沙铁未销，自将磨洗认前朝。

东风不与周郎便，铜雀春深锁二乔。

国学点睛

“五味俱全”中的“五味”指什么？

“五味”指酸、甜、苦、辣、咸五种味道，也泛指各种味道。

sān yáo

三肴

有声朗读

经典原文

fēng duì yǎ xiàng duì yáo jù mǎng duì cháng jiāo

风对雅，象对爻。巨蟒对长蛟。

tiān wén duì dì lǐ xī shuài duì piāo xiāo lóng yāo jiǎo

天文对地理，蟋蟀对螵蛸。龙夭矫，

hǔ páo xiào běi xué duì dōng jiāo zhù tái xū lěi tǔ

虎咆哮。北学对东胶。筑台须垒土，

chéng wū bì zhū máo pān yuè bú wàng qiū xīng fù biān

成屋必诛茅。潘岳不忘秋兴赋，边

sháo cháng bèi zhòu mián cháo fǔ yǎng qún lí yǐ jiàn guó

韶常被昼眠嘲。抚养群黎，已见国

jiā lóng zhì zī shēng wàn wù fāng zhī tiān dì tài jiāo

家隆治；滋生万物，方知天地泰交。

经典注释

风、雅：风指《诗经》中的《国风》，雅指《诗经》中的《大雅》《小雅》。 **螵蛸**：螳螂的卵块，产在桑树上的称桑螵蛸，可以入药。 **夭矫**：姿态屈曲伸展的样子。 **北学、东胶**：都是周代设在京城的最高学府。 **群黎**：黎民，百姓。 **泰交**：“交泰”的倒装。意指天地之气祥和，万物通泰。

经典原文

shé duì huǐ shèn duì jiāo lín sǒu duì què cháo fēng
蛇对虺，蜃对蛟。麟薮对鹊巢。风
shēng duì yuè sè mài suì duì sāng bāo hé tuǒ nàn zǐ yún
声对月色，麦穗对桑苞。何妥难，子云
cháo chǔ diàn duì shāng jiāo wǔ yīn wéi ěr tīng wàn lǜ
嘲。楚甸对商郊。五音惟耳听，万虑
zài xīn bāo gě bèi tāng zhēng yīn chóu xiǎng chǔ zāo qí fá
在心包。葛被汤征因仇饷，楚遭齐伐
zé bāo máo gāo yǐ ruò tiān xún shì shèng rén dà dào dàn
责包茅。高矣若天，洵是圣人大道；淡
ér rú shuǐ shí wéi jūn zǐ shén jiāo
而如水，实为君子神交。

经典注释

虺：古书上说的一种毒蛇。 **蜃**：大蛤蜊。 **麟薮**：麒麟所居的湖泽。 **难**：诘问，责难。 **子云**：汉代文学家扬雄，字子云。 **五音**：指宫、商、角（jué）、徵（zhǐ）、羽。泛指音乐。

经典原文

niú duì mǎ quǎn duì māo zhǐ jiǔ duì jiā yáo táo
牛对马，犬对猫。旨酒对嘉肴。桃
hóng duì liǔ lǜ zhú yè duì sōng shāo lí zhàng sǒu bù yī
红对柳绿，竹叶对松梢。藜杖叟，布衣

qiáo běi yě duì dōng jiāo bái jū xíng jiǎo jiǎo huáng niǎo
樵。北野对东郊。白驹形皎皎，黄鸟

yǔ jiāo jiāo huā pǔ chūn cán wú kè dào chái mén yè yǒng
语交交。花圃春残无客到，柴门夜永

yǒu sēng qiāo qiáng pàn jiā rén piāo yáng jìng bǎ qiū qiān wǔ
有僧敲。墙畔佳人，飘扬竞把秋千舞；

lóu qián gōng zǐ xiào yǔ zhēng jiāng cù jū pāo
楼前公子，笑语争将蹴鞠抛。

经典注释

白驹：白色的骏马。比喻贤人、隐士。 黄鸟：黄雀。交交：鸟鸣声。 僧敲：唐代诗人贾岛有诗句："鸟宿池边树，僧敲月下门。" 蹴鞠：踢球。这里指游戏用的球。

经典故事

贾岛推敲

唐朝诗人贾岛以苦吟著称。一天，他骑在驴子上琢磨自己作的两句诗："鸟宿池边树，僧敲月下门。"他反复思考，想把其中的"敲"字改为"推"字，但一时拿不定主意。他苦苦思索，还不自觉地做着"推门"和"敲门"的动作。这时，韩愈正好路过，贾岛就向他请教。韩愈静静地想了一会儿说："还是用'敲'字好。"随后，他邀请贾岛到家里，共同切磋作诗之道。

经典拓展

1 对一对。

(　　)(　　)对地理　　(　　)(　　)对螺蛸

(　　)(　　)对月色　　(　　)(　　)对桑苞

(　　)(　　)对柳绿　　(　　)(　　)对松梢

2 填一填。

首尾同字的成语

例：(闻)所未(闻)

(　)不胜(　)　　(　)无可(　)　　(　)乎其(　)

(　)外有(　)　　(　)定思(　)　　(　)益求(　)

3 读一读。

苏东坡巧对辽使

相传北宋时，有一次，苏东坡奉命接待辽国来使。使者知道苏东坡是名士，便出了一句上联："三光日月星。"苏东坡略加思索便接道："四诗风雅颂。"使者听后连连点头。恰好此时雷声大作，苏东坡又补了另一联："一阵风雷雨。"使者刚要称赞，苏东坡又对出一句："四德元亨利。"使者听罢，佩服不已。

4 背一背。

偶　题

[唐]李商隐

小亭闲眠微醉消，山榴海柏枝相交。
水文簟上琥珀枕，旁有堕钗双翠翘。

国学点睛

"颜筋柳骨"是什么意思？

唐代著名书法家颜真卿和柳公权的楷书是我们学习楷书的最佳范本，人们评颜真卿的字多"筋"，柳公权的字多"骨"，故有"颜筋柳骨"之说。

四豪

有声朗读

经典原文

琴对瑟，剑对刀。地迥对天高。峨冠对博带，紫绶对绯袍。煎异茗，酌香醪。虎兕对猿猱。武夫攻骑射，野妇务蚕缫。秋雨一川淇澳竹，春风两岸武陵桃。螺髻青浓，楼外晚山千仞；鸭头绿腻，溪中春水半篙。

经典注释

峨冠：高的帽子。 **博带**：宽大的衣带。 **茗**：茶。 **醪**：浊酒。 **兕**：古代指犀牛。 **缫**：把蚕茧浸在热水里，抽出蚕丝。

经典原文

xíng duì shǎng biǎn duì bāo pò fǔ duì zhēng páo
刑对赏，贬对褒。破斧对征袍。

wú tóng duì jú yòu zhǐ jí duì péng hāo léi huàn jiàn
梧桐对橘柚，枳棘对蓬蒿。雷焕剑，

lǚ qián dāo gǎn lǎn duì pú táo yì chuán shū shè xiǎo
吕虔刀。橄榄对葡萄。一椽书舍小，

bǎi chǐ jiǔ lóu gāo lǐ bái néng shī shí bǐng bǐ liú líng
百尺酒楼高。李白能诗时秉笔，刘伶

ài jiǔ měi bū zāo lǐ bié zūn bēi gǒng běi zhòng xīng cháng
爱酒每餔糟。礼别尊卑，拱北众星常

càn càn shì fēn gāo xià cháo dōng wàn shuǐ zì tāo tāo
灿灿；势分高下，朝东万水自滔滔。

经典注释

雷焕剑：传说晋代人雷焕曾在豫章丰城狱中掘得两把剑，后宝剑化为蛟龙，不知去向。 **吕虔刀**：吕虔认为王祥日后可以做三公，于是解下自己的佩刀相赠。 **椽**：椽子，架屋瓦的木条。 **餔糟**：吃酿酒后剩下的渣滓。餔，吃。

经典原文

guā duì guǒ lǐ duì táo quǎn zǐ duì yáng gāo
瓜对果，李对桃。犬子对羊羔。

chūn fēn duì xià zhì gǔ shuǐ duì shān tāo shuāng fèng yì
春分对夏至，谷水对山涛。双凤翼，

jiǔ niú máo zhǔ yì duì chén láo shuǐ liú wú xiàn kuò

九牛毛。主逸对臣劳。水流无限阔，

shān sǒng yǒu yú gāo yǔ dǎ cūn tóng xīn mù lì chén

山耸有余高。雨打村童新牧笠，尘

shēng biān jiàng jiù zhēng páo jùn shì jū guān róng liè yuān

生边将旧征袍。俊士居官，荣列鹓

hóng zhī xù zhōng chén bào guó shì dān quǎn mǎ zhī láo

鸿之序；忠臣报国，誓殚犬马之劳。

经典注释

双凤翼：语出唐李商隐诗："身无彩凤双飞翼，心有灵犀一点通。" **鹓**：传说中凤凰一类的鸟。

经典故事

世外桃源

传说，东晋太元年间，有个捕鱼的人顺着溪流划船，忽然看到一片桃花林。只见桃花满树，落英缤纷，美丽极了。捕鱼人继续往前划去，在桃林的尽头，有一个小山洞，洞口隐隐约约透出光亮。捕鱼人进入洞中，走到尽头时眼前豁然开朗，一个美丽的村庄出现在他的眼前。那里老人和小孩都悠然自得，人们来来往往，耕田劳作，穿戴和外面的人完全不同。村里人告诉捕鱼人，他们的祖先为了躲避秦末的战乱，率领妻子儿女和同乡人来到这个与世隔绝的地方，从此再也没有出去过。桃花源的人留捕鱼人住了几天后，捕鱼人就告辞离开了。

捕鱼人离开桃花源后，把他的发现告诉了其他人。人们很惊奇，就循着捕鱼人的路线寻找桃花源，却怎么也找不到了。

经典拓展

1 对一对。

礼别（　　）（　　），拱北众星常（　　）（　　）；

势分（　　）（　　），朝东万水自（　　）（　　）。

2 填一填。

千变万化　见多识广　形形色色　五颜六色　五花八门

博览群书　座无虚席　千军万马　高朋满座

贵宾多（　　　　）　观众多（　　　　）　变化多（　　　　）

读书多（　　　　）　颜色多（　　　　）　花样多（　　　　）

见识多（　　　　）　兵马多（　　　　）　类别多（　　　　）

3 读一读。

今日到南苑，明日到北海，何时再到古长安？叹黎民膏血全枯，只为一人歌庆有；

五十割琉球，六十割台湾，而今又割东三省，痛赤县邦圻益蹙，每逢万寿祝疆无。

——［清］章太炎

4 背一背。

塞下曲

［唐］卢纶

月黑雁飞高，单于夜遁逃。

欲将轻骑逐，大雪满弓刀。

五歌

有声朗读

经典原文

山对水，海对河。雪竹对烟萝。新欢对旧恨，痛饮对高歌。琴再抚，剑重磨。媚柳对枯荷。荷盘从雨洗，柳线任风搓。饮酒岂知攲醉帽，观棋不觉烂樵柯。山寺清幽，直踞千寻云岭；江楼宏敞，遥临万顷烟波。

经典注释

雪竹：雪中的竹子。　**烟萝**：密集如烟雾般的松萝。**攲醉帽**：指东晋名士孟嘉的帽子被风吹落后，他没发觉，仍谈笑自如。　**烂樵柯**：晋人王质上山砍柴，看见两个童子下棋，就停下观看。等棋局终了，斧子柄已经朽烂。回到村里，才发现已经过了上百年，与他同时代的人都去世了。

经典原文

fán duì jiǎn shǎo duì duō lǐ yǒng duì tú gē

繁对简，少对多。里咏对途歌。

huàn qíng duì lǚ kuàng yín lù duì tóng tuó cì shǐ yā

宦情对旅况，银鹿对铜驼。刺史鸭，

jiāng jūn é yù lǜ duì jīn kē gǔ dī chuí duǒ liǔ

将军鹅。玉律对金科。古堤垂亸柳，

qū zhǎo zhǎng xīn hé mìng jià lǚ yīn sī shū yè yǐn chē

曲沼长新荷。命驾吕因思叔夜，引车

lìn wèi bì lián pō qiān chǐ shuǐ lián jīn gǔ wú rén néng

蔺为避廉颇。千尺水帘，今古无人能

shǒu juǎn yì lún yuè jìng qián kūn hé jiàng yòng gōng mó

手卷；一轮月镜，乾坤何匠用功磨。

经典注释

银鹿：唐代书法家颜真卿的一个家童叫银鹿。后代指仆人。　**铜驼**：古代宫门两侧摆放铜铸的骆驼，以示吉祥。**刺史鸭**：唐代李远做刺史时喜欢吃绿头鸭。　**将军鹅**：晋代书法家王羲之曾经任右将军，喜欢养鹅。　**亸**：下垂。

经典原文

shuāng duì lù làng duì bō jìng jú duì chí hé

霜对露，浪对波。径菊对池荷。

jiǔ lán duì gē bà rì nuǎn duì fēng hé liáng fǔ yǒng

酒阑对歌罢，日暖对风和。梁父咏，

chǔ kuáng gē fàng hè duì guān é shǐ cái tuī yǒng shū
楚狂歌。放鹤对观鹅。史才推永叔，

dāo bǐ yǎng xiāo hé zhòng jú yóu xián qiān shù shǎo jì méi
刀笔仰萧何。种橘犹嫌千树少，寄梅

shuí xìn yì zhī duō lín xià fēng shēng huáng fà cūn tóng
谁信一枝多。林下风生，黄发村童

tuī mù lì jiāng tóu rì chū hào méi xī sǒu shài yú suō
推牧笠；江头日出，皓眉溪叟晒渔蓑。

经典注释

梁父咏：古乐府曲名。诸葛亮躬耕于南阳时，经常吟诵《梁父吟》。 **楚狂**：春秋时期楚国人陆通，佯狂不止，被人们称作楚狂。 **永叔**：北宋文学家、史学家欧阳修，字永叔。

经典故事

负荆请罪

战国时期，廉颇是赵国有名的大将，立下赫赫战功，蔺相如曾经"完璧归赵"，不辱使命，作为文臣，他的官比廉颇大。廉颇对此耿耿于怀，他说："我见到蔺相如，一定要羞辱他一番。"蔺相如知道后，就有意回避廉颇。廉颇以为蔺相如怕他，非常得意。别人也都以为蔺相如怕廉颇。但蔺相如说，他之所以回避廉颇，是因为他们都是赵国的栋梁，如果彼此闹矛盾，赵国就危险了。廉颇知道后，非常惭愧，便袒(tǎn)露上身，背负荆条来到蔺相如家认错。廉颇和蔺相如从此成了誓同生死的朋友。

经典拓展

1 对一对。

山寺(　　)(　　)，直踞(　　)(　　)云岭；

江楼(　　)(　　)，遥临(　　)(　　)烟波。

(　　)(　　)水帘，(　　)(　　)无人能手卷；

(　　)(　　)月镜，(　　)(　　)何匠用功磨。

2 填一填。

赵高　杨时　祖逖　赵括　孙膑　匡衡　重耳　勾践

闻鸡起舞(　　)　卧薪尝胆(　　)　纸上谈兵(　　)

围魏救赵(　　)　凿壁偷光(　　)　指鹿为马(　　)

程门立雪(　　)　退避三舍(　　)

3 读一读。

顶真联

金水河边金线柳，金线柳穿金鱼口；

玉栏杆外玉簪花，玉簪花插玉人头。

4 背一背。

望洞庭

[唐]刘禹锡

湖光秋月两相和，潭面无风镜未磨。

遥望洞庭山水翠，白银盘里一青螺。

liù má
六麻

有声朗读

经典原文

sōng duì bǎi lǚ duì má yǐ zhèn duì fēng yá
松对柏，缕对麻。蚁阵对蜂衙。

chēng lín duì bái lù dòng què duì hūn yā bái duò jiǔ
赪鳞对白鹭，冻雀对昏鸦。白堕酒，

bì chén chá pǐn dí duì chuī jiā qiū liáng wú duò yè
碧沉茶。品笛对吹笳。秋凉梧堕叶，

chūn nuǎn xìng kāi huā yǔ zhǎng tái hén qīn bì qì yuè yí
春暖杏开花。雨长苔痕侵壁砌，月移

méi yǐng shàng chuāng shā sà sà qiū fēng dù chéng tóu zhī
梅影上窗纱。飒飒秋风，度城头之

bì lì chí chí wǎn zhào dòng jiāng shàng zhī pí pá
筚篥；迟迟晚照，动江上之琵琶。

经典注释

赪：红色。 **白堕**：姓刘，北魏人，善于酿酒。后以之代称美酒。 **碧沉**：茶汤呈深绿色的茶。 **筚篥**：古代一种管乐器。

经典原文

yōu duì liè tū duì wā cuì zhú duì huáng huā
优对劣，凸对凹。翠竹对黄花。
sōng shān duì qǐ zǐ shū mài duì sāng má shān bú duàn
松杉对杞梓，菽麦对桑麻。山不断，
shuǐ wú yá zhǔ jiǔ duì pēng chá yú yóu chí miàn shuǐ
水无涯。煮酒对烹茶。鱼游池面水，
lù lì àn tóu shā bǎi mǔ fēng fān táo lìng shú yì qí
鹭立岸头沙。百亩风翻陶令秫，一畦
yǔ shú shào píng guā xián pěng zhú gēn yǐn lǐ bái yì hú
雨熟邵平瓜。闲捧竹根，饮李白一壶
zhī jiǔ ǒu qíng tóng yè chuò lú tóng qī wǎn zhī chá
之酒；偶擎桐叶，啜卢仝七碗之茶。

经典注释

陶令秫：晋代人陶渊明曾任彭泽县令，嗜酒。秫，黏高粱，可以酿酒。 **邵平瓜**：秦朝的东陵侯邵平在秦亡后于长安城外种瓜，瓜味甜美。 **竹根**：竹根制作的酒杯。 **桐叶**：桐叶形的茶盏。 **卢仝**：唐代人，博学多才，善于写诗、品茶。

经典原文

wú duì chǔ shǔ duì bā luò rì duì liú xiá
吴对楚，蜀对巴。落日对流霞。
jiǔ qián duì shī zhài bǎi yè duì sōng huā chí yì qí fàn
酒钱对诗债，柏叶对松花。驰驿骑，泛

xiān chá　bì yù duì dān shā　shè qiáo piān sòng sǔn　kāi
仙槎。碧玉对丹砂。设桥偏送笋，开

dào jìng huán guā　chǔ guó dà fū chén mì shuǐ　luò yáng cái
道竟还瓜。楚国大夫沉汨水，洛阳才

zǐ zhé cháng shā　shū qiè qín náng　nǎi shì liú huó jì
子谪长沙。书箧琴囊，乃士流活计；

yào lú chá dǐng　shí xián kè shēng yá
药炉茶鼎，实闲客生涯。

经典注释

骑：旧读jì。　**仙槎**：神话传说中往来于海上和天河之间的竹木筏。　**送笋**：南朝人郭原平撞见人偷笋，偷盗者奔逃时落入沟中，郭原平便在沟上建了座小桥，又采了笋放在篱笆外面。偷笋人羞愧难当，再也没来偷笋。　**还瓜**：晋代的桑虞见人偷瓜，想到瓜园的墙上有刺不好通过，就另开一条路给偷瓜的人走。偷瓜贼受到感化，把瓜还了回来。　**楚国大夫**：指屈原。　**洛阳才子**：指汉代的贾谊。

经典故事

白堕酒

北魏时期，河东人刘白堕擅长酿酒。他酿的酒味道香醇，后劲十足。当时在京城做官的人到外地赴任或馈赠亲朋时，都会买些他酿的美酒。

永熙年间，南青州刺史毛鸿宾到治所上任的时候，带了很多坛刘白堕酿的酒，没想到在半路上遇见了盗贼。那帮盗贼根本没把毛鸿宾放在眼里，抢劫之后开坛大饮，不一会儿就全醉倒了。毛鸿宾不费吹灰之力就把盗贼全部活捉了。

经典拓展

1　对一对。

（　　）堕酒，（　　）沉茶。品笛对（　　）（　　）。

（　　）不断，（　　）无涯。煮酒对（　　）（　　）。

2　填一填。

成语速配

马到成功——旗开（　）（　）

夸父追日——愚公（　）（　）

锦上添花——雪中（　）（　）

流芳百世——遗臭（　）（　）

落井下石——过河（　）（　）

抛砖引玉——点石（　）（　）

东山再起——卷土（　）（　）

国泰民安——风调（　）（　）

3　读一读。

诗中草

离离原上草，一岁一枯荣。

——[唐]白居易《赋得古原草送别》

国破山河在，城春草木深。　——[唐]杜甫《春望》

谁言寸草心，报得三春晖。　——[唐]孟郊《游子吟》

林暗草惊风，将军夜引弓。　——[唐]卢纶《塞下曲》

天街小雨润如酥，草色遥看近却无。

——[唐]韩愈《早春呈水部张十八员外》

4　背一背。

浪淘沙

[唐]刘禹锡

九曲黄河万里沙，浪淘风簸自天涯。

如今直上银河去，同到牵牛织女家。

qī yáng
七 阳

有声朗读

经典原文

gāo duì xià duǎn duì cháng liǔ yǐng duì huā xiāng
高对下，短对长。柳影对花香。

cí rén duì fù kè wǔ dì duì sān wáng shēn yuàn luò
词人对赋客，五帝对三王。深院落，

xiǎo chí táng wǎn tiào duì chén zhuāng jiàng xiāo táng dì
小池塘。晚眺对晨妆。绛霄唐帝

diàn lǜ yě jìn gōng táng hán jí xiè zhuāng yī shàng xuě
殿，绿野晋公堂。寒集谢庄衣上雪，

qiū tiān pān yuè bìn biān shuāng rén yù lán tāng shì bú
秋添潘岳鬓边霜。人浴兰汤，事不

wàng yú duān wǔ kè zhēn jú jiǔ xìng cháng jì yú
忘于端午；客斟菊酒，兴常记于

chóng yáng
重阳。

经典注释

五帝：传说中的五位帝王。有多种说法，一般指黄帝、颛顼、帝喾（kù）、唐尧、虞舜。 **三王**：即夏禹、商汤、周文王。

绛霄:五代后唐有绛霄殿。 **绿野**:唐代的裴度有别墅叫绿野堂。 **谢庄**:南朝宋文学家。 **鬓边霜**:指中年鬓发初白。 **兰汤**:熏香的热水。 **菊酒**:古代重阳节有插戴茱萸、喝菊花酒的习俗。

经典原文

yáo duì shùn yǔ duì tāng jìn sòng duì suí táng qí
尧对舜,禹对汤。晋宋对隋唐。奇
huā duì yì huì xià rì duì qiū shuāng bā chā shǒu jiǔ huí
花对异卉,夏日对秋霜。八叉手,九回
cháng dì jiǔ duì tiān cháng yì dī yáng liǔ lǜ sān jìng
肠。地久对天长。一堤杨柳绿,三径
jú huā huáng wén gǔ sài bīng fāng zhàn dòu tīng zhōng gōng nǚ
菊花黄。闻鼓塞兵方战斗,听钟宫女
zhèng shū zhuāng chūn yǐn fāng guī shā mào bàn yān lín shè
正梳妆。春饮方归,纱帽半淹邻舍
jiǔ zǎo cháo chū tuì gǔn yī wēi rě yù lú xiāng
酒;早朝初退,衮衣微惹御炉香。

经典注释

八叉手:唐代诗人温庭筠才思敏捷,每次应试,只要双手相拱八次,就能作出八韵诗句。叉,两手相拱。 **九回肠**:比喻忧思郁结难解。司马迁《报任安书》有“肠一日而九回”之句。 **衮衣**:古时天子及王侯公卿所穿的礼服。

经典原文

xún duì mèng lǎo duì zhuāng duǒ liǔ duì chuí yáng
荀对孟，老对庄。亸柳对垂杨。
xiān gōng duì fàn yǔ xiǎo gé duì cháng láng fēng yuè kū shuǐ
仙宫对梵宇，小阁对长廊。风月窟，水
yún xiāng xī shuài duì táng láng nuǎn yān xiāng ǎi ǎi hán
云乡。蟋蟀对螳螂。暖烟香霭霭，寒
zhú yǐng huáng huáng wǔ zǐ yù chóu yú fǔ jiàn hán shēng
烛影煌煌。伍子欲酬渔父剑，韩生
cháng qiè jiǎ gōng xiāng sān yuè sháo guāng cháng yì huā míng
尝窃贾公香。三月韶光，常忆花明
liǔ mèi yì nián hǎo jǐng nán wàng jú lǜ chéng huáng
柳媚；一年好景，难忘橘绿橙黄。

经典注释

荀、孟：荀子、孟子。 **老、庄**：老子、庄子。 **梵**：用来称呼与佛教有关的事物。 **煌煌**：形容明亮的样子。 **伍子**：即春秋时期的伍子胥。 **韶光**：美好的时光，常指春光。

经典故事

伍子胥渡江

春秋时，伍子胥从楚国逃亡，逃到江边时，发现无路可逃了。这时，只见一只小船缓缓向江边驶来，撑船的渔翁请伍子胥上了船。过江后，伍子胥非常感激这个渔翁，就解下佩剑，说："这把宝剑值百金，请您收下吧！"渔翁说："楚国悬赏捉拿你，说只要能抓到伍子胥，就赏赐粮食五万石(dàn)，并且加封官爵，那不是比你的剑值钱得多？如果我贪图报酬，为什么还要渡你过江？”渔翁最终也没有接受伍子胥的酬谢。

经典拓展

1　对一对。

高对(　　)，短对(　　)。柳影对(　　)(　　)。

尧对(　　)，禹对(　　)。晋宋对(　　)(　　)。

荀对(　　)，老对(　　)。鞞柳对(　　)(　　)。

2　填一填。

成语拉拉队

例：威风(凛)(凛)

书声(　)(　)　　兴致(　)(　)　　千里(　)(　)

小心(　)(　)　　气势(　)(　)　　大名(　)(　)

得意(　)(　)　　气喘(　)(　)　　文质(　)(　)

衣冠(　)(　)　　虎视(　)(　)　　众目(　)(　)

3　读一读。

发愤识遍天下字；
立志读尽人间书。

——[宋]苏轼

4　背一背。

独不见

[唐]沈佺期

卢家少妇郁金堂，海燕双栖玳瑁梁。
九月寒砧催木叶，十年征戍忆辽阳。
白狼河北音书断，丹凤城南秋夜长。
谁谓含愁独不见，更教明月照流黄！

bā gēng
八 庚

有声朗读

经典原文

shēn duì qiǎn zhòng duì qīng yǒu yǐng duì wú shēng
深对浅，重对轻。有影对无声。

fēng yāo duì dié chì sù zuì duì yú chéng tiān běi quē
蜂腰对蝶翅，宿醉对余酲。天北缺，

rì dōng shēng dú wò duì tóng xíng hán bīng sān chǐ hòu
日东生。独卧对同行。寒冰三尺厚，

qiū yuè shí fēn míng wàn juàn shū róng xián kè lǎn yì zūn
秋月十分明。万卷书容闲客览，一樽

jiǔ dài gù rén qīng xīn chǐ táng xuán yàn kàn ní cháng zhī
酒待故人倾。心侈唐玄，厌看霓裳之

qǔ yì jiāo chén zhǔ bǎo wén yù shù zhī gēng
曲；意骄陈主，饱闻玉树之赓。

经典注释

酲：喝醉了神志不清。 **唐玄**：即唐玄宗。 **陈主**：即南朝陈后主。 **赓**：唱和。

经典原文

xū duì shí sòng duì yíng hòu jiǎ duì xiān gēng
虚对实，送对迎。后甲对先庚。

gǔ qín duì shě sè bó hǔ duì qí jīng jīn kē zā yù
鼓琴对舍瑟，搏虎对骑鲸。金匼匝，玉
cōng chēng yù yǔ duì jīn jīng huā jiān shuāng fěn dié liǔ
玐 琤。玉宇对金茎。花间 双 粉蝶，柳
nèi jǐ huáng yīng pín lǐ měi gān lí huò wèi zuì zhōng yàn
内几 黄 莺。贫里每甘藜藿味，醉 中 厌
tīng guǎn xián shēng cháng duàn qiū guī liáng chuī yǐ qīn chóng
听管弦 声 。肠 断 秋闺，凉 吹 已侵 重
bèi lěng mèng jīng xiǎo zhěn cán chán yóu zhào bàn chuāng míng
被冷；梦 惊 晓 枕，残 蟾 犹 照 半 窗 明。

经典注释

金匼匝：金制的马络头。匼匝，周匝环绕。 **玐琤**：玉石碰撞声。 **金茎**：铜柱。 **残蟾**：残月。

经典原文

yú duì liè diào duì gēng yù zhèn duì jīn shēng
渔对猎，钓对耕。玉振对金声。
zhì chéng duì yàn sài liǔ niǎo duì kuí qīng chuī yù dí nòng
雉 城 对雁塞，柳 袅 对葵 倾。吹玉 笛，弄
yín shēng ruǎn zhàng duì huán zhēng mò hū sōng chǔ shì zhǐ
银 笙 。阮 杖 对桓 筝 。墨呼松 处 士，纸
hào chǔ xiān shēng lù yì hǎo huā pān yuè xiàn fēng cuō xì
号 楮 先 生 。露浥好 花 潘 岳 县，风 搓 细
liǔ yà fū yíng fǔ dòng qín xián jù jué zuò zhōng fēng yǔ
柳 亚 夫 营。抚 动 琴 弦，遽 觉 座 中 风 雨

zhì é chéng shī jù yīng zhī chuāng wài guǐ shén jīng
至；哦成诗句，应知窗外鬼神惊。

经典注释

雉城：泛指城墙。 **亚夫**：指汉代将军周亚夫。 **哦**：吟咏。

经典故事

亡国之音

南朝陈后主贪图享乐，荒淫无道。他有一个妃子叫张丽华，美貌绝伦，能歌善舞，陈后主非常宠爱她，连上朝议政也让她陪在身边。陈后主还作了许多艳曲，其中最著名的就是《玉树后庭花》。“玉树后庭花，花开不复久”，当时的人都认为歌词有亡国的征兆。不久，隋文帝派大军南下进攻陈朝，大军很快攻破了长江天险，俘虏了陈后主。《玉树后庭花》也因此被称作亡国之音。

经典拓展

1 对一对。

寒冰(　　)(　　)厚，秋月(　　)(　　)明。

花间双(　　)(　　)，柳内几(　　)(　　)。

2 背一背。

宿骆氏亭寄怀崔雍崔衮

[唐]李商隐

竹坞无尘水槛清，相思迢递隔重城。
秋阴不散霜飞晚，留得枯荷听雨声。

九青

有声朗读

经典原文

红对紫，白对青。渔火对禅灯。唐诗对汉史，释典对仙经。龟曳尾，鹤梳翎。月榭对风亭。一轮秋夜月，几点晓天星。晋士只知山简醉，楚人谁识屈原醒。绣倦佳人，慵把鸳鸯文作枕；吮毫画者，思将孔雀写为屏。

经典注释

禅灯：寺庙灯火。　**释典**：指佛经。　**仙经**：泛指道教经典。　**龟曳尾**：比喻自由自在的隐居生活。　**山简**：晋代人山简，好喝酒。

经典原文

xíng duì zuò zuì duì xǐng pèi zǐ duì yū qīng
行对坐，醉对醒。佩紫对纡青。

qí píng duì bǐ jià yǔ xuě duì léi tíng kuáng jiá dié
棋枰对笔架，雨雪对雷霆。狂蛱蝶，

xiǎo qīng tíng shuǐ àn duì shā tīng tiān tāi sūn chuò fù
小蜻蜓。水岸对沙汀。天台孙绰赋，

jiàn gé mèng yáng míng chuán xìn zǐ qīng qiān lǐ yàn zhào shū
剑阁孟阳铭。传信子卿千里雁，照书

chē yìn yì náng yíng rǎn rǎn bái yún yè bàn gāo zhē qiān
车胤一囊萤。冉冉白云，夜半高遮千

lǐ yuè chéng chéng bì shuǐ xiāo zhōng hán yìng yì tiān xīng
里月；澄澄碧水，宵中寒映一天星。

经典注释

纡：系，结。 **棋枰**：棋盘。 **汀**：水边平地，小洲。 **孟阳**：晋代文学家张载，字孟阳。 **子卿**：汉代人苏武，字子卿。**车胤**：晋代人车胤，曾把萤火虫用袋子装起来，用来照明读书。

经典原文

shū duì shǐ zhuàn duì jīng yīng wǔ duì jí líng
书对史，传对经。鹦鹉对鹡鸰。

huáng máo duì bái dí lǜ cǎo duì qīng píng fēng rào duó
黄茅对白荻，绿草对青萍。风绕铎，

yǔ lín líng　shuǐ gé duì shān tíng　zhǔ lián qiān duǒ bái
雨淋铃。水阁对山亭。渚莲千朵白，

àn liǔ liǎng háng qīng　hàn dài gōng zhōng shēng xiù zuò　yáo
岸柳两行青。汉代宫中生秀柞，尧

shí jiē pàn zhǎng xiáng míng　yì píng jué shèng　qí zǐ fēn
时阶畔长祥蓂。一枰决胜，棋子分

hēi bái　bàn fú tōng líng　huà sè jiàn dān qīng
黑白；半幅通灵，画色间丹青。

经典注释

铃：这里指风铃。　**渚**：水中的小块陆地。　**柞**：一种木质坚硬的树。　**蓂**：古代传说中一种代表吉祥的草。

经典故事

爱国诗人屈原

屈原是战国末期楚国人，他出身于贵族家庭，担任过左徒、三闾大夫等重要官职。屈原很有才华，楚王却听信谗言将他流放。后来，楚国越来越衰败。一天，屈原来到江边，他披头散发，面容憔悴。一个渔翁看到了，问他为什么这样。屈原回答说："全世界的人都喝醉了，只有我是清醒的，因此我特别痛苦。"最后，屈原投汨罗江

而死。

相传，端午节包粽子这个习俗，就是为了纪念屈原而来的。

经典拓展

1　对一对。

(　　)(　　)白云，夜半高遮(　　)(　　)月；

(　　)(　　)碧水，宵中寒映(　　)(　　)星。

2　填一填。

桃红对(　　)　山清对(　　)　鸟语对(　　)　欢歌对(　　)

蓝天对(　　)　和风对(　　)　朝霞对(　　)　万紫对(　　)

3　读一读。

张之洞智对妙联

清末洋务派首领张之洞，自幼才思敏捷。相传有一次郊游，老师即景拟出上联："驼背桃树倒开花，黄蜂仰采。"话音刚落，张之洞立即对出下联："瘦脚莲蓬歪结子，白鹭斜观。"老师连连称妙。

4　背一背。

夜下征虏亭

[唐]李白

船下广陵去，月明征虏亭。

山花如绣颊，江火似流萤。

国学点睛

为什么把戏曲界称为"梨园行"？

梨园是唐代皇家林园，因遍种梨树得名。唐明皇李隆基挑选三百名演员在梨园这个地方集中培训歌舞戏曲。后来的戏曲界就被称为"梨园行"了。

shí zhēng
十蒸

有声朗读

经典原文

xīn duì jiù jiàng duì shēng bái quǎn duì cāng yīng
新对旧，降对升。白犬对苍鹰。

gé jīn duì lí zhàng jiàn shuǐ duì chí bīng zhāng tù wǎng
葛巾对藜杖，涧水对池冰。张兔网，

guà yú zēng yàn què duì kūn péng lú zhōng jiān yào huǒ
挂鱼罾。燕雀对鹍鹏。炉中煎药火，

chuāng xià dú shū dēng zhī jǐn zhú suō chéng wǔ fèng huà
窗下读书灯。织锦逐梭成舞凤，画

píng wù bǐ zuò fēi yíng yàn kè liú gōng zuò shàng mǎn zhēn
屏误笔作飞蝇。宴客刘公，座上满斟

sān yǎ jué yíng xiān hàn dì gōng zhōng gāo chā jiǔ
三雅爵；迎仙汉帝，宫中高插九

guāng dēng
光灯。

经典注释

鱼罾：渔网。 **鹍鹏**：传说中的大鸟。 **刘公**：指东汉末时的刘表。 **三雅**：刘表有伯雅、仲雅、季雅三种酒器，后泛指酒器。 **汉帝**：指汉武帝。

经典原文

rú duì shì fó duì sēng miàn yǒu duì xīn péng chūn
儒对士，佛对僧。面友对心朋。春

cán duì xià lǎo yè qǐn duì chén xīng qiān lǐ mǎ jiǔ xiāo
残对夏老，夜寝对晨兴。千里马，九霄

péng xiá wèi duì yún zhēng hán duī yīn lǐng xuě chūn pàn
鹏。霞蔚对云蒸。寒堆阴岭雪，春泮

shuǐ chí bīng yà fù fèn shēng zhuàng yù dǒu zhōu gōng shì sǐ
水池冰。亚父愤生撞玉斗，周公誓死

zuò jīn téng jiāng jūn yuán huī mò guài rén jī wéi è hǔ
作金縢。将军元晖，莫怪人讥为饿虎；

shì zhōng lú chǎng nán táo shì hào zuò jī yīng
侍中卢昶，难逃世号作饥鹰。

经典注释

泮：融解。 **亚父**：这里指项羽亚父范增。 **金縢**：《尚书》篇名。 **元晖**：北魏将军。 **卢昶**：北魏大官。

经典原文

guī duì jǔ mò duì shéng dú bù duì tóng dēng
规对矩，墨对绳。独步对同登。

yín é duì fěng yǒng fǎng yǒu duì xún sēng fēng rào wū
吟哦对讽咏，访友对寻僧。风绕屋，

shuǐ xiāng líng　zǐ hú duì cāng yīng　niǎo hán jīng yè yuè

水襄陵。紫鹄对苍鹰。鸟寒惊夜月，

yú nuǎn shàng chūn bīng　yáng zǐ kǒu zhōng fēi bái fèng　hé

鱼暖上春冰。扬子口中飞白凤，何

láng bí shàng jí qīng yíng　jù lǐ yuè chí　fān jǐ chóng

郎鼻上集青蝇。巨鲤跃池，翻几重

zhī mì zǎo　diān yuán yǐn jiàn　guà bǎi chǐ zhī chuí téng

之密藻；颠猿饮涧，挂百尺之垂藤。

经典注释

水襄陵：大水漫上丘陵。　**扬子**：指西汉的扬雄。　**何郎**：指三国魏侍中尚书何晏。

经典故事

鸿门宴

秦朝末年，群雄并起，项羽准备率四十万大军讨伐先攻入咸阳的刘邦。刘邦请项羽的叔父项伯从中调解，并且亲自去鸿门向项羽谢罪。

项羽在鸿门设宴款待刘邦。席间，项羽的亚父范增多次暗示项羽杀掉刘邦，但项羽犹豫不决，默然不应。于是范增又叫项庄在宴会上舞剑助兴，想乘机杀死刘邦。项伯见此情景，也拔剑起舞，并用身体保护刘邦。后来刘邦的大将樊哙闯进宴会，斥责项羽不讲信义。刘邦借口上厕所乘机逃走，让张良送项羽白璧一双，并送范增玉斗一对。范增拿到玉斗，气得直接摔到地上，骂道："项羽这小子，不值得与他谋划大计，以后肯定要成为刘邦的俘虏！"后来，项羽果然被刘邦打败。

经典拓展

1　对一对。

炉中煎药(　　)，窗下读书(　　)。

寒堆阴岭(　　)，春泮水池(　　)。

鸟寒惊夜(　　)，鱼暖上春(　　)。

2　填一填。

一(　)见血　一(　)风顺　一(　)不染　一(　)不苟

一(　)即发　一(　)当先　一(　)惊人　一(　)了然

一(　)如故　一(　)无际　一(　)不通　一(　)两得

3　读一读。

奇联妙对颂教师

三寸粉笔，三尺讲台系国运；

一颗丹心，一生秉烛铸民魂。

4　背一背。

和袭美钓侣二章(其二)

[唐]陆龟蒙

雨后沙虚古岸崩，鱼梁移入乱云层。

归时月堕汀洲暗，认得妻儿结网灯。

shí yī yóu

十一 尤

有声朗读

经典原文

róng duì rǔ xǐ duì yōu yè yàn duì chūn yóu

荣对辱，喜对忧。夜宴对春游。

yān guān duì chǔ shuǐ shǔ quǎn duì wú niú chá dí shuì jiǔ

燕关对楚水，蜀犬对吴牛。茶敌睡，酒

xiāo chóu qīng yǎn duì bái tóu mǎ qiān xiū shǐ jì kǒng

消愁。青眼对白头。马迁修史记，孔

zǐ zuò chūn qiū shì xìng zǐ yóu cháng fàn zhào sī guī wáng

子作春秋。适兴子猷常泛棹，思归王

càn qiǎng dēng lóu chuāng xià jiā rén zhuāng bà chóng jiāng jīn

粲强登楼。窗下佳人，妆罢重将金

chā bìn yán qián wǔ jì qǔ zhōng hái yào jǐn chán tóu

插鬓；筵前舞妓，曲终还要锦缠头。

经典注释

蜀犬：蜀地日照时间少，据说这个地方的狗看到太阳觉得奇怪，就会狂叫。 **吴牛**：吴地日照时间长，气候炎热，据说这个地方的牛看见月亮也以为是太阳，就会因为怕热而喘息。 **马迁**：指西汉司马迁。 **子猷**：晋代人王徽之，字子猷。　**王粲**：东汉文士。

经典原文

chún duì chǐ　jiǎo duì tóu　cè mǎ duì qí niú

唇对齿，角对头。策马对骑牛。

háo jiān duì bǐ dǐ　qǐ gé duì diāo lóu　yáng liǔ àn

毫尖对笔底，绮阁对雕楼。杨柳岸，

dí lú zhōu　yǔ yàn duì tí jiū　kè chéng jīn luò mǎ

荻芦洲。语燕对啼鸠。客乘金络马，

rén fàn mù lán zhōu　lǜ yě gēng fū chūn jǔ sì　bì chí

人泛木兰舟。绿野耕夫春举耜，碧池

yú fǔ wǎn chuí gōu　bō làng qiān céng　xǐ jiàn jiāo lóng dé

渔父晚垂钩。波浪千层，喜见蛟龙得

shuǐ　yún xiāo wàn lǐ　jīng kàn diāo è héng qiū

水；云霄万里，惊看雕鹗横秋。

经典注释

策：用马鞭驱赶。　**金络马**：戴金络头的马。　**耜**：古代的一种农具，形状如锹，用于翻土。　**鹗**：一种背部褐色，头顶、颈后和腹部白色的鸟，性情凶猛，也叫鱼鹰。

经典原文

ān duì sì　diàn duì lóu　jiǔ tǐng duì yú zhōu　jīn

庵对寺，殿对楼。酒艇对渔舟。金

lóng duì cǎi fèng　fén shǐ duì tóng niú　wáng láng mào　sū zǐ

龙对彩凤，豮豕对童牛。王郎帽，苏子

qiú sì jì duì sān qiū fēng luán fú dì xiù jiāng hàn
裘。四季对三秋。峰峦扶地秀，江汉

jiē tiān liú yì wān lǜ shuǐ yú cūn xiǎo wàn lǐ qīng shān
接天流。一湾绿水渔村小，万里青山

fó sì yōu lóng mǎ chéng hé xī huáng chǎn wēi ér huà
佛寺幽。龙马呈河，羲皇阐微而画

guà shén guī chū luò yǔ wáng qǔ fǎ yǐ chén chóu
卦；神龟出洛，禹王取法以陈畴。

经典注释

庵：寺院。多指尼姑所居。 **豮豕**：阉割过的猪。 **王郎**：指晋代人王濛，传说是美男子。 **苏子**：指战国时纵横家苏秦。

经典故事

雪夜访戴

王徽之和戴逵是好朋友，王徽之住在山阴，而戴逵住在剡（shàn）县。一天夜里下起了大雪，四周雪白一片，王徽之一个人喝酒赏雪，吟咏左思的《招隐》诗，忽然很思念戴逵。于是，他当即就乘着小船去探访戴逵。山阴和剡县相隔很远，王徽之乘船行了一夜。到了戴逵家门口的时候，他却不进去，又返回了山阴。有人问他原因，他说：“我本是乘兴而行，兴致尽了就回来，为什么一定要见到戴逵呢？”

经典拓展

1　对一对。

马迁修（　　）（　　），孔子作（　　）（　　）。

一湾（　　）（　　）渔村小，万里（　　）（　　）佛寺幽。

2　填一填。

成语对对子

例：愚公移山（精卫填海）

沉鱼落雁（　　　　）　　昂首挺胸（　　　　）

守株待兔（　　　　）　　呆若木鸡（　　　　）

望梅止渴（　　　　）　　指鹿为马（　　　　）

3　读一读。

世事如棋，一着争来千古业；
柔情似水，几时流尽六朝春。

——[明]朱元璋

4　背一背。

黄鹤楼送孟浩然之广陵

[唐]李白

故人西辞黄鹤楼，烟花三月下扬州。
孤帆远影碧空尽，唯见长江天际流。

shí èr qīn
十二 侵

有声朗读

经典原文

méi duì mù kǒu duì xīn jǐn sè duì yáo qín
眉对目，口对心。锦瑟对瑶琴。

xiǎo gēng duì hán diào wǎn dí duì qiū zhēn sōng yù yù
晓耕对寒钓，晚笛对秋砧。松郁郁，

zhú sēn sēn mǐn sǔn duì zēng shēn qín wáng qīn jī fǒu
竹森森。闵损对曾参。秦王亲击缶，

yú dì zì huī qín sān xiàn biàn hé cháng qì yù sì zhī
虞帝自挥琴。三献卞和尝泣玉，四知

yáng zhèn gù cí jīn jì jì qiū zhāo tíng yè yīn shuāng
杨震固辞金。寂寂秋朝，庭叶因霜

cuī nèn sè chén chén chūn yè qì huā suí yuè zhuǎn qīng yīn
摧嫩色；沉沉春夜，砌花随月转清阴。

经典注释

砧：捣衣石。 **闵损、曾参**：二人都是孔子的学生，以孝行著称。 **缶**：古代一种瓦质的打击乐器。 **卞和**：楚国人。 **杨震**：东汉人，以清廉著称。

经典原文

qián duì hòu　gǔ duì jīn　　yě shòu duì shān qín
前对后，古对今。野兽对山禽。

jiān niú duì pìn mǎ　shuǐ qiǎn duì shān shēn　zēng diǎn sè
犍牛对牝马，水浅对山深。曾点瑟，

dài kuí qín　pú yù duì hún jīn　yàn hóng huā nòng sè
戴逵琴。璞玉对浑金。艳红花弄色，

nóng lǜ liǔ fū yīn　bù yǔ tāng wáng fāng jiǎn zhǎo　yǒu fēng
浓绿柳敷阴。不雨汤王方剪爪，有风

chǔ zǐ zhèng pī jīn　shū shēng xī zhuàng suì sháo huá　cùn
楚子正披襟。书生惜壮岁韶华，寸

yīn chǐ bì　yóu zǐ ài liáng xiāo guāng jǐng　yí kè qiān jīn
阴尺璧；游子爱良宵光景，一刻千金。

经典注释

犍牛：阉割过的公牛。　**牝马**：母马。　**曾点**：字子皙，孔子的学生。　**戴逵**：晋代人。　**楚子**：指楚襄王。

经典原文

sī duì zhú　jiàn duì qín　sù zhì duì dān xīn　qiān
丝对竹，剑对琴。素志对丹心。千

chóu duì yí zuì　hǔ xiào duì lóng yín　zǐ hǎn yù　bù yí
愁对一醉，虎啸对龙吟。子罕玉，不疑

jīn　wǎng gǔ duì lái jīn　tiān hán zōu chuī lǜ　suì hàn fù
金。往古对来今。天寒邹吹律，岁旱傅

wéi lín qú shuō zǐ guī wéi dì pò nóng zhī kǒng què shì jiā
为霖。渠说子规为帝魄，侬知孔雀是家

qín qū zǐ chén jiāng chù chù zhōu zhōng zhēng xì zòng niú láng
禽。屈子沉江，处处舟中争系粽；牛郎

dù zhǔ jiā jiā tái shàng jìng chuān zhēn
渡渚，家家台上竞穿针。

经典注释

子罕玉：宋人献玉给子罕，被子罕拒绝。 **不疑**：汉代人直不疑。 **邹**：即邹衍，战国时的思想家。 **傅**：商王武丁以傅说（yuè）为相。 **渠**：他。 **侬**：我。 **屈子**：即屈原。

经典故事

寸阴尺璧

陶侃是东晋时著名的将领。他珍惜每一寸光阴，从不虚度时光。陶侃不但以身作则，而且还经常教育下属说：“大禹是圣人，尚且珍惜每寸光阴，我们这些普通人就更应该珍惜了。”有一次，陶侃的下属因喝酒玩乐误了公事，他知道后非常生气，下令将这些人的酒器和赌博用具全部扔入江中，并对这些人鞭打责罚。

经典拓展

1 对一对。

(　　)(　　)秋朝，庭叶因霜摧(　　)(　　)；

(　　)(　　)春夜，砌花随月转(　　)(　　)。

2 填一填。

成语之最

天翻地覆　无米之炊　天涯海角　不治之症

一字千金　铺天盖地　九霄云外　一日三秋

最短的季节(　　　　)　最大的变化(　　　　)

最高的地方(　　　　)　最远的地方(　　　　)

最难做的饭(　　　　)　最大的被子(　　　　)

最难治的病(　　　　)　最贵的稿酬(　　　　)

3 读一读。

风声雨声读书声，声声入耳；

家事国事天下事，事事关心。　——[明]顾宪成

4 背一背。

听流人水调子

[唐]王昌龄

孤舟微月对枫林，分付鸣筝与客心。

岭色千重万重雨，断弦收与泪痕深。

国学点睛

古代的“博士”与现在的有何不同？

博士最早是学官名，主要负责掌管图书；后来把专精某一种职业的人称为“博士”。到近代，博士是学位的最高一级。

shí sān tán

十三 覃

有声朗读

经典原文

qiān duì bǎi liǎng duì sān dì běi duì tiān nán

千对百，两对三。地北对天南。

fó táng duì xiān dòng dào yuàn duì chán ān shān pō dài

佛堂对仙洞，道院对禅庵。山泼黛，

shuǐ fú lán xuě lǐng duì yún tán fèng fēi fāng huì huì

水浮蓝。雪岭对云潭。凤飞方翙翙，

hǔ shì yǐ dān dān chuāng xià shū shēng shí fěng yǒng yán

虎视已眈眈。窗下书生时讽咏，筵

qián jiǔ kè rì dān hān bái cǎo mǎn jiāo qiū rì mù zhēng

前酒客日耽酣。白草满郊，秋日牧征

rén zhī mǎ lǜ sāng yíng mǔ chūn shí gōng nóng fù zhī cán

人之马；绿桑盈亩，春时供农妇之蚕。

经典注释

黛：青黑色的颜料，古代女子用来画眉。 **蓝**：植物名，有多种。 **翙翙**：鸟飞时拍翅的声音。 **眈眈**：威严注视的样子。

经典原文

jiāng duì yù kě duì kān dé bèi duì ēn tán
将对欲，可对堪。德被对恩覃。

quán héng duì chǐ dù xuě sì duì yún ān ān yì zǎo
权衡对尺度，雪寺对云庵。安邑枣，

dòng tíng gān bú kuì duì wú cán wèi zhēng néng zhí jiàn
洞庭柑。不愧对无惭。魏征能直谏，

wáng yǎn shàn qīng tán zǐ lí zhāi qù cóng shān běi dān lì
王衍善清谈。紫梨摘去从山北，丹荔

chuán lái zì hǎi nán rǎng jī fēi jūn zǐ suǒ wéi dàn dāng
传来自海南。攘鸡非君子所为，但当

yuè yī yǎng jū shì shān gōng zhī zhì zhǐ yòng zhāo sān
月一；养狙是山公之智，止用朝三。

经典注释

覃：遍及。 **安邑**：在今山西省，盛产蜜枣。 **魏征**：唐太宗时著名的谏臣。 **王衍**：西晋大臣。 **攘**：偷盗。 **狙**：猕猴。

经典原文

zhōng duì wài běi duì nán bèi mǔ duì yí nán
中对外，北对南。贝母对宜男。

yí shān duì jùn jǐng jiàn kǔ duì yán gān qiān qǔ bǎi èr
移山对浚井，谏苦对言甘。千取百，二

wéi sān wèi shàng duì zhōu kān hǎi mén fān xī làng shān
为三。魏尚对周堪。海门翻夕浪，山

shì yōng qíng lán　xīn dì zhí tóu gōng zǐ zhù　jiù jiāo yóu

市拥晴岚。新缔直投公子纻，旧交犹

tuō guǎn rén cān　wén dá yān tōng　yǐ yǒng bīng xī hán guò

脱馆人骖。文达淹通，已咏冰兮寒过

shuǐ　yǒng hé bó yǎ　kě zhī qīng zhě shèng yú lán

水；永和博雅，可知青者胜于蓝。

经典注释

贝母：百合科。多年生草本植物，鳞茎可入药。　**宜男**：即萱草。　**魏尚**：汉代人，做过云中太守。　**周堪**：汉代人，曾在石渠阁论定“五经”。　**骖**：驾车时位于两旁的马。

经典故事

邻人攘鸡

从前，有个小偷每天都偷邻居家的鸡，有人对他说这不是君子的行为，应该及时改正。小偷却说：“我知道自己错了，可我一时也改不过来。就让我减少偷鸡的频率，先改为每月偷一只鸡，以后再每年偷一只鸡，最后就不偷了吧！”

既然知道自己错了，就应该立即改正错误。偷盗本就有损德行，一天偷一只鸡和一年偷一只鸡有什么区别呢？

经典拓展

1　对一对。

(　　)泼黛，(　　)浮蓝。雪岭对(　　)(　　)。

安邑(　　)，洞庭(　　)。不愧对(　　)(　　)。

2　填一填。

成语联珠

谈笑风(　　)离死(　　)具一(　　)格不(　　)木三(　　)秒必(　　)先恐(　　)继有(　　)山人(　　)阔天(　　)穴来(　　)调雨(　　)理成(　　)

3　读一读。

棋　联

相传有一次，宋代文豪苏东坡与黄庭坚在松树下饮酒下棋。一阵风吹来，松果掉进棋盘。苏东坡脱口而出："松下围棋，松子每随棋子落。"黄庭坚偶见柳边垂钓者，随声对道："柳边垂钓，柳丝常伴钓丝悬。"两文豪不禁相视一笑。

4　背一背。

寓　言

[唐]杜牧

暖风迟日柳初含，顾影看身又自惭。
何事明朝独惆怅，杏花时节在江南。

国学点睛

唐传奇是怎样一种文体?

唐传奇是指唐代流行的文言短篇小说，作者大多以记、传名篇，以史家笔法，传奇闻异事。

shí sì yán

十四 盐

有声朗读

经典原文

bēi duì lè ài duì xián yù tù duì yín chán

悲对乐，爱对嫌。玉兔对银蟾。

zuì hóu duì shī shǐ yǎn dǐ duì méi jiān fēng xí xí yǔ

醉侯对诗史，眼底对眉尖。风习习，雨

mián mián lǐ kǔ duì guā tián huà táng shī jǐn zhàng jiǔ

绵绵。李苦对瓜甜。画堂施锦帐，酒

shì wǔ qīng lián héng shuò fù shī chuán mèng dé yǐn hú

市舞青帘。横槊赋诗传孟德，引壶

zhuó jiǔ shàng táo qián liǎng yào dié míng rì dōng shēng ér

酌酒尚陶潜。两曜迭明，日东生而

yuè xī chū wǔ xíng shì xù shuǐ xià rùn ér huǒ shàng yán

月西出；五行式序，水下润而火上炎。

经典注释

醉侯：对好酒善饮者的美称。 **诗史**：指能反映某一历史时期现实状况的诗歌。 **槊**：古代兵器，即长矛。 **孟德**：曹操，字孟德。 **两曜**：指太阳和月亮。

经典原文

rú duì sì jiǎn duì tiān xiù mù duì zhū lián
如对似，减对添。绣幕对朱帘。

tàn zhū duì xiàn yù lù lì duì yú qián yù xiè fàn shuǐ
探珠对献玉，鹭立对鱼潜。玉屑饭，水

jīng yán shǒu jiàn duì yāo lián yàn cháo yī suì gé zhū
晶盐。手剑对腰镰。燕巢依邃阁，蛛

wǎng guà xū yán duó shuò zhì sān táng jìng dé yì qí dì
网挂虚檐。夺槊至三唐敬德，弈棋第

yī jìn wáng tián nán pǔ kè guī zhàn zhàn chūn bō qiān qǐng
一晋王恬。南浦客归，湛湛春波千顷

jìng xī lóu rén qiǎo wān wān yè yuè yì gōu xiān
净；西楼人悄，弯弯夜月一钩纤。

经典注释

敬德：唐代大将尉（yù）迟敬德。 **王恬**：晋代人，丞相王导次子，擅长下棋。 **湛湛**：形容水清澈。

经典原文

féng duì yù yǎng duì zhān shì jǐng duì lǘ yán
逢对遇，仰对瞻。市井对闾阎。

tóu zān duì jié shòu wò fà duì xiān rán zhāng xiù mù
投簪对结绶，握发对掀髯。张绣幕，

juǎn zhū lián shí què duì jiāng yān xiāo zhēng fāng sù sù
卷珠帘。石碏对江淹。宵征方肃肃，

yè yǐn yǐ yān yān xīn biǎn xiǎo rén cháng qī qī lǐ duō
夜饮已厌厌。心褊小人长戚戚，礼多

jūn zǐ lǚ qiān qiān měi cì shū wén bèi sān bǎi wǔ piān
君子屡谦谦。美刺殊文，备三百五篇

shī yǒng jí xiōng yì huà biàn liù shí sì guà yáo zhān
诗咏；吉凶异画，变六十四卦爻占。

经典注释

闾阎：里巷的门，后多借指里巷。 **绣幕**：帷幕。 **石碏**：春秋时卫国大夫。 **江淹**：南朝人，年轻时妙笔生花，晚年才思减退，人称江郎才尽。 **褊**：指心胸、气量狭隘。

经典故事

王恬傲诞

晋代的王恬为人傲慢，性情放荡不羁。有一次，谢万去拜访他，两人坐了一会儿，王恬便起身走进了内室。谢万以为王恬打算隆重地招待自己，感到非常高兴。他等啊等啊，等了好久，王恬才披散着头发走出来，原来他是到内室洗头发去了。只见王恬随意坐在院中的胡床上晒头发，神态高傲，根本不搭理谢万。谢万看到这种情形，非常失望，便起身告辞了。

经典拓展

1 对一对。

风(　　)(　　)，雨(　　)(　　)。李苦对(　　)(　　)。

张(　　)(　　)，卷(　　)(　　)。石碏对(　　)(　　)。

2　填一填。

北国对（　　）　湖泊对（　　）　辞旧对（　　）　神州对（　　）

盛夏对（　　）　沧海对（　　）　旧貌对（　　）　雨雪对（　　）

3　读一读。

古诗中的“儿童”

路人借问遥招手，怕得鱼惊不应人。

——[唐]胡令能《小儿垂钓》

借问酒家何处有？牧童遥指杏花村。　——[唐]杜牧《清明》

儿童散学归来早，忙趁东风放纸鸢。　——[清]高鼎《村居》

牧童归去横牛背，短笛无腔信口吹。　——[宋]雷震《村晚》

童孙未解供耕织，也傍桑阴学种瓜。

——[宋]范成大《四时田园杂兴》

4　背一背。

泊船瓜洲

[宋]王安石

京口瓜洲一水间，钟山只隔数重山。

春风又绿江南岸，明月何时照我还。

国学点睛

什么是金文？

金文过去又称钟鼎文，是流行于商周至秦汉时期铸或刻在青铜器上的铭文。金文的内容多属与祀典、锡命、征伐、契约等有关的记事。

shí wǔ xián
十五 咸

有声朗读

经典原文

qīng duì zhuó kǔ duì xián yì qǐ duì sān jiān
清对浊，苦对咸。一启对三缄。

yān suō duì yǔ lì yuè bàng duì fēng fān yīng xiàn huǎn
烟蓑对雨笠，月榜对风帆。莺睍睆，

yàn ní nán liǔ qǐ duì sōng shān qíng shēn bēi sù shàn
燕呢喃。柳杞对松杉。情深悲素扇，

lèi tòng shī qīng shān hàn shì jì néng fēn sì xìng zhōu cháo
泪痛湿青衫。汉室既能分四姓，周朝

hé yòng pàn sān jiān pò dì ér tàn niú xīn háo jīn wáng
何用叛三监。破的而探牛心，豪矜王

jì shù gān yǐ guà dú bí pín xiào ruǎn xián
济；竖竿以挂犊鼻，贫笑阮咸。

经典注释

月榜：弯月形的桨。 **睍睆**：形容声音清和圆转。 **青衫**：唐代诗人白居易有诗句："座中泣下谁最多？江州司马青衫湿。" **四姓**：指四个姓氏。自汉朝以来，历代多有以四个名门贵族的姓氏合称为四姓。 **三监**：周武王灭商，以商旧都封商纣王儿子武庚，派自己的弟弟管叔、蔡叔、霍叔去监管，称为“三监”。 **破的**：箭射中靶子。的，箭靶的中心。

经典原文

néng duì fǒu shèng duì xián wèi guàn duì hún jiān
能对否，圣对贤。卫瓘对浑瑊。

què luó duì yú wǎng cuì yǎn duì cāng yá hóng luó zhàng
雀罗对鱼网，翠巘对苍崖。红罗帐，

bái bù shān bǐ gé duì shū hán ruǐ xiāng fēng jìng cǎi
白布衫。笔格对书函。蕊香蜂竞采，

ní ruǎn yàn zhēng xián xiōng niè shì qīng wén zǔ tì wáng
泥软燕争衔。凶孽誓清闻祖逖，王

jiā néng yì yǒu wū xián xī sǒu xīn jū yú shè qīng yōu
家能乂有巫咸。溪叟新居，渔舍清幽

lín shuǐ àn shān sēng jiǔ yǐn fàn gōng jì mò yǐ yún yán
临水岸；山僧久隐，梵宫寂寞倚云岩。

经典注释

卫瓘：魏晋时大臣、书法家。 **浑瑊**：唐代人，年少时就善于骑马射箭。 **巘**：山峰，山顶。 **笔格**：笔架。 **书函**：文书的封套。 **祖逖**：东晋名将。 **乂**：治理。 **巫咸**：商太戊大臣，占卜家。

经典原文

guān duì dài mào duì shān yì gěng duì yán chán
冠对带，帽对衫。议鲠对言谗。

xíng zhōu duì yù mǎ sú bì duì mín yán shǔ qiě shuò

行舟对御马，俗弊对民喦。鼠且硕，

tù duō chán shǐ cè duì shū jiān sài chéng wén zòu jiǎo

兔多毚。史册对书缄。塞城闻奏角，

jiāng pǔ rèn guī fān hé shuǐ yì yuán xíng mí mí tài shān

江浦认归帆。河水一源形弥弥，泰山

wàn rèn shì yán yán zhèng wèi wǔ gōng fù zī yī ér měi

万仞势岩岩。郑为武公，赋缁衣而美

dé zhōu yīn xiàng bó gē bèi jǐn yǐ shāng chán

德；周因巷伯，歌贝锦以伤谗。

经典注释

议鲠：指耿直忠谏，敢于直陈。 **喦**：同“岩”。 **毚**：狡猾。 **书缄**：书信。 **弥弥**：水弥漫的样子。 **岩岩**：山势高峻峭拔。

经典故事

未能免俗

晋代人阮咸是“竹林七贤”之一，性格旷达不羁。当时阮咸和叔叔阮籍住在道南，其他阮氏住在道北。道南的阮姓人家比较贫穷，而道北的阮姓人家比较富裕。按照当时习俗，七月七日这一天，人们都要晾晒衣服。道北的阮姓富人借此机会大肆炫耀，晾晒的全是绫罗绸缎；阮咸却用竹竿挂着短裤晾在庭院中。有人见到后觉得奇怪，就问他原因。阮咸说：“我虽然穷，可还是不能免掉习俗啊，就这样表示一下吧！”

经典拓展

1　对一对。

烟蓑对(　　)(　　)，月榜对(　　)(　　)。

行舟对(　　)(　　)，俗弊对(　　)(　　)。

2　填一填。

抛砖引玉对(　　　　　　)　忙里偷闲对(　　　　　　)

磨穿铁砚对(　　　　　　)　瓜熟蒂落对(　　　　　　)

3　读一读。

苏辙改对显才华

相传有一次，苏轼和弟弟苏辙以及佛印游巫山。佛印出了个异字同音对："无山得似巫山好。"他请苏轼对出下联。苏轼随口对道："何叶能如荷叶圆。"佛印连连称好。这时，苏辙在一旁提议道："兄长的下联改为'何水能如河水清'，如何？"苏轼和佛印一听，以"水"对"山"更工整，齐声叫好。

4　背一背。

石灰吟

[明]于谦

千锤万凿出深山，烈火焚烧若等闲。

粉骨碎身浑不怕，要留清白在人间。

国学点睛

"诗佛"指的是谁?

"诗佛"指唐代诗人王维。佛教影响了王维的生活和政治态度。他生前就被认为是"当代诗匠，又精禅理"，死后更得到"诗佛"的称号。